「……これじゃあ、そこそこ本気を出すしかないじゃねえか」
「は？」
リックの言葉に一瞬、ポカンとするアクアマリン。

「へー、そうなんだ」

「まあだから、非常に残念で退屈なことだが
俺は無敵なんだよ小娘」

もっと速く、
もっと速く。
最後の勝負、二機がカーブを抜けて
最後のホームストレートに入ってくる。

新米オッサン冒険者、最強パーティに死ぬほど鍛えられて無敵になる。

9

岸馬きらく

口絵・本文イラスト　Ｔｅａ

新米オッサン冒険者、最強パーティに死ぬほど鍛えられて無敵になる。⑨

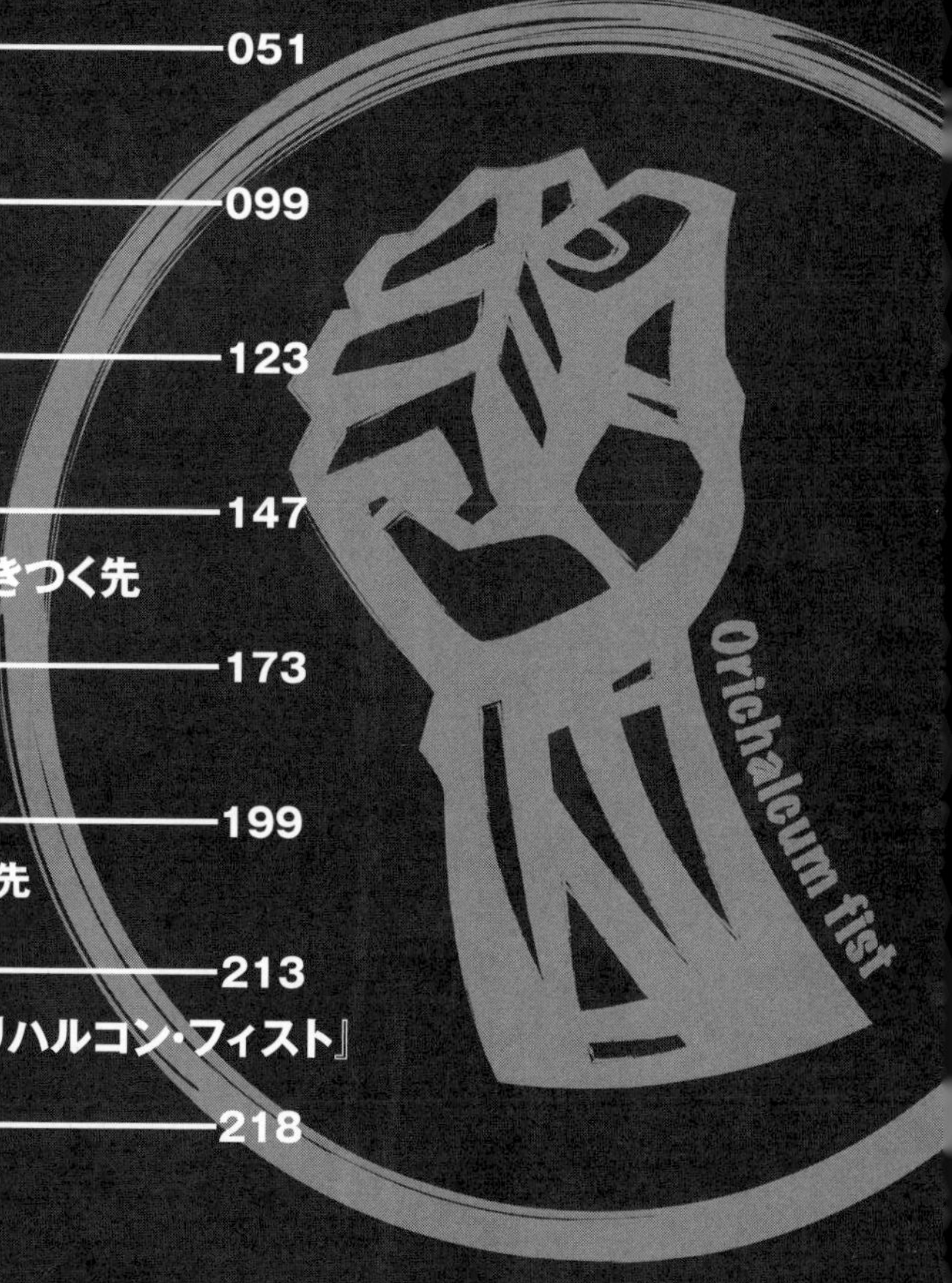

第一話　なんだっていい

『エルフォニアグランプリ』の会場近くの病院では、一頭のオークに少女が治療《ちりょう》を受けていた。

「……よし。これで体の方は普段《ふだん》に近い感覚で動けるようになるだろう」

人語をしゃべる灰色のオーク、ブロストン・アッシュオークはそう言うと少女の体から手を離《はな》した。

「……あ、本当だ。すごい、全然思った通りに魔力《まりょく》が出せるようになった」

そう言ったのは、パーマのかかったツインテールの少女フレイア・ライザーベルト。

いつもの明るくて少し生意気な感じは、事故の後すっかり鳴りを潜《ひそ》めていたが、その表情に少しだけ明るさが戻《もど》る。

「ありがとう……えっと、誰《だれ》だか分からないけどオークの人」

「ブロストンだ。なに大したことはしてない、普通《ふつう》に治せるものを治しただけだ」

「いちおう、ここってこの国で一番のお医者さんなんだけど……」

父親であるモーガンからそう聞いていたフレイアだが、まあ、オークなのに当たり前のように喋《しゃべ》っている時点で何かおかしいし、細かいことは気にしないほうがいいのだろう。

フレイアはそんな賢明《けんめい》な判断をした。

「だが、まだ完全にとはいかないぞ。肉体の怪我《けが》は多少死んでいても治せるが」

「『多少死ぬ』って言葉初めて聞いた」

当然である。

「魔力の回路……経絡《けいらく》の乱れはそう簡単に治しきれるものではない。エルフ族の経絡は特にな。まあ安静にしていれば、明日には全快に近い状態に戻るだろう」

「そうなんだ、よかった。これで戦え……あ、でも」

フレイアは父親から聞いた肝心《かんじん》なことを思い出した。

「それでもダメかも、だってあたしの『ディアエーデルワイス』は……」

そう、フレイアの『ディアエーデルワイス』は現在『アンラの渦《うず》』によって魔力制御《まりょくせいぎょ》が上手《うま》くできない状態にされてしまっている。

ギリギリの制御を必要とする『ディアエーデルワイス』にとっては致命的《ちめいてき》なハンデであった。

その上相手はあの完全女王である。完璧《かんぺき》なコース取りと完璧な走法。絶対的な安定を誇《ほこ》るあの女王に対抗《たいこう》するには少しのミスも許されない。

今の『ディアエーデルワイス』でそれを実現するのは……ほぼ不可能だろう。

もちろん戦いから降りる気はないが、それでも現実的に厳しいというのは一人のレーサーとして当然の判断だった。

(もちろん、それでも諦《あきら》めないけどね)

ずっとこの日のために頑張《がんば》ってきたのだ。

魔力障害者として生まれ、母親から産んだことを謝罪されても、たった一つ見つけた自分の道で頂点に立つために。

そんな悲痛な覚悟《かくご》を心の中で固めていると。

「心配はいらんぞ」

「え?」

「ボートの方もリックのやつが何とかする。俺《おれ》のパーティメンバーはこういう時になかなか頼《たよ》れる男だ。安心してレースに備えて休んでおくといい」

□□□

第一王子領の屋敷《やしき》にてリック・グラディアートルは一人、魔法使《まほうつか》いたちと対峙《たいじ》していた。

彼《かれ》らをフレイアが『エルフォニアグランプリ』に出走する前に倒《たお》さなくてはならない。

（タイムリミットはあと六時間か……）

リックを取り囲むのは、『エルフォニア』が誇る最強の魔術《まじゅつ》兵力と呼ばれる『魔法《まほう》軍隊』、さらにその中でも最強の精鋭《せいえい》である『金色五芒星《ゴールデンペンタグラム》』。

彼らはそれぞれ、自然の力を利用する界級魔法《かいていまほう》における五大属性である「風、土、水、火、エーテル」を象徴《しょうちょう》し、その系統の魔法において圧倒的《あっとうてき》な力を見せる、まさに一騎当千《いっきとうせん》の怪《かい》物《ぶつ》たちである。

そんな中でもリックが最も警戒《けいかい》するのが、自らを彼らのリーダーであると言い、『エーテル魔術王』と名乗った壮年《そうねん》の見た目をした男。

カエサル・ガーフィールドである。

（あの男は、かなり強い）

他《ほか》の四人ももちろんリックや他の一般《いっぱん》兵士と比べてしまえば恐《おそ》ろしいほどの差があるのだが、さらにその四人と比較《ひかく》してもカエサルから感じる圧は異常であった。

「さて、まずはどう攻《せ》めるか……」

現在のリックには二種類の選択肢《せんたくし》がある。

要は、先に最も厄介《やっかい》そうなカエサルを倒すか、他の連中を先に倒してからカエサルと戦うか……。

この場合は基本的に、先にカエサル以外を倒す方が賢《かしこ》い選択《せんたく》になることが多い。

単純に一番強い敵を一人倒すよりは他の相手を全員倒す方が楽であり、その一人を倒してしまったらそれ以降その相手からの攻撃《こうげき》はなくなる……つまり戦いが楽になるのである。

この作戦を実現するためには他の相手の攻撃を掻《か》い潜《くぐ》りながら素早《すばや》く狙《ねら》った相手を倒す、すなわちリック自身のスピードの速さが肝《きも》である。

それが果たして可能かと言われれば。

(……いけるな)

現在のリックは自分の強さを正確に把握《はあく》している。

自分には十分にそれを実現するスピードがある。

問題はあの男がそうやすやすとやられてくれるかどうかというところだが、まあ、何とかするしかない。

激戦を予感したリックだったが……。

「……ふん、五対一などつまらんな」

カエサルはリックに背を向けて、歩き出してしまう。

「ぬっ?」

リックは驚《おどろ》いて変な声を上げる。

「どういうつもりだ?」

リックの問いかけに、カエサルは言う。

「小賢《こざか》しい数の優位を使って戦うなど趣味《しゅみ》に合わん。ウィング、ノーム、アクアマリン、ブラスターク、お前ら四人で勝手に相手をしておけ」

「おいおい、いいのかよ。エドワードのやつの、軍の最高司令官様の命令なんだろ?」

どこの国でもそうだが、軍というのは上下関係が厳しい。

組織の仕事の性質上、上からの命令で命を危険にさらさなければならないため、絶対のトップダウン形式を維持《いじ》しなければ指揮系統が全く機能しないからである。

しかし、目の前の男は。

「だからどうした? 俺はカエサル・ガーフィールドだぞ?」

そう言い切った。

この権力をなんとも思わない傲岸《ごうがん》さは、リックの師匠《ししょう》たちにも通ずるモノである。

「俺と戦いたければ、他の四人を倒してからにするんだな」

「……できないと思うか？」

リックの言葉に、ガーフィールドは少しリックのほうを振《ふ》りかえって言う。

「……俺の目は『精霊の瞳《フェアリーグラス》』という特殊《とくしゅ》な目でな。相手の魔力量やその魔力素質をイメージとして見極《みきわ》めることができるのだ」

カエサルの黒い瞳の上下に、白い四角の紋様《もんよう》が浮《う》かんでいた。

「浮かんでくるイメージは様々だ。魔法軍隊の一般兵なら中型の肉食生物、エドワード王子くらいになれば大きな町を飲《の》み込《こ》む濁《にご》った濁流《だくりゅう》、今まで見た中で最高だったのはあの第二王子だったな。遥《はる》か遠方まで壮大《そうだい》に聳《そび》え立つ山々が見えた……その上で、この瞳に映る貴様のイメージはなんだと思う？」

「小さな子供、ってところか？　まあ、そこに病弱属性とかついてるかもな」

リックは自分の魔力的資質の低さを自虐《じぎゃく》しつつ言ったつもりだが。

「違《ちが》う。そのあたりに落ちているパンの食べカスだ」

「予想以上に酷《ひど》い評価だなおい!!」

「だからこそ不可解ではある。こうして向き合って感じる戦闘《せんとう》能力は明らかにパンくずのそれではない。ここまで目と体感の差が出たのは初めてでな、実は少々期待している。こいつらを倒せたら屋敷の奥《おく》までくるがいい、全力で相手をしてやる」

「いや、こいつら倒したら王子を追うが……」

リックはバトルマニアではない。

目的は『アンラの渦』の解除である。エドワードさえ捕《と》らえられればいいのだ。

「そういうわけにはいかないんだよ。教えてやろう。『アンラの渦』には改良が加えられている」

「……改良？」

眉《まゆ》を顰《ひそ》めるリック。

あの第一王子のことだ。きっとロクな改良をしていないだろうということは容易に予想できる。

「『アンラの渦』の発動者は必ずハイエルフ家のものでなければならない。しかし、発動後に使用権限を五人まで分け与《あた》えることができるようになったのだ。発動者を含《ふく》めた六人の内、誰か一人でも無事であれば術式は維持できる」

「それは厄介だな……で、五人ってことは」

「そう。権限は我ら金色五芒星全員に付与《ふよ》されている」

そう言うと、ガーフィールドは腕《うで》をまくって見せた。

そこには魔力が脈打つ蝶《ちょう》の模様が描《えが》かれていた。あれが『アンラの渦』の発動術式ということだろう。

見れば他の四人にも体のどこかに蝶の模様があった。

「よって貴様は結局俺を倒さなければならんのさ。せいぜいあがくといい」

そう言うとガーフィールドは屋敷の奥に行ってしまった。

「……まったく、大事な秘密をバラして。相変わらず勝手な人ねうちのリーダーは。まあ、誰か一人でも紋章《もんしょう》の魔力を辿《たど》られたら分かることだけど」

そう言ったのは水色の長髪《ちょうはつ》をなびかせるエルフ、アクアマリンである。

「俺としては、同時に戦う敵が一人減ってくれて、しかも一番強いやつだからラッキーだけどな」

「安心なさい。さっきの一撃《いちげき》で私たち四人は、アナタを一切《いっさい》侮《あなど》らないことにしたから」

リックが先ほど攻撃を吹《ふ》き飛ばすために殴《なぐ》った地面を見て、アクアマリンはそう言った。

その言葉と同時に、金色五芒星の四人がリックの周囲を取り囲む。

「……なあ、戦う前に一つ聞いていいか？」

「あら？　何かしら？」

「エドワードのやつがやってることは知ってるんだよな？　何の罪もない一人の女の子が

必死で夢を掴《つか》もうとしてる。それを邪魔《じゃま》することに、お前らは少しでも思うところがあったりするのか？」

リックの問いに、四人のエルフは顔を見合わせると。

ははは、と盛大に笑った。

「なにを言い出すかと思えば、そんなこと」

アクアマリンは言う。

「その子にエルフとしての価値があれば、それは守られるべき栄光だと思うけどねえ。無価値な第六等級の下民のことなんて、心底どうでもいいわ」

当然だというようなアクアマリンの口調。

他の三人も同じ考えなのだろう。

まあ、これだけの魔力を持っている以上は『魔力血統至上主義』における、最上位の立場で生きてきた者たちなのだろう。

「そうか……まあそれなら、心置きなくぶっ飛ばせるな」

「生意気ね。しっかりと丁寧《ていねい》に始末して上げるわ。短命ザル」

□□□

「心残りになるなら、過去は清算するべきだと私は思いますよ。ミゼット様」

その頃《ころ》。

ミゼット・エルドワーフは『シルヴィアワークス』の倉庫でリーネットと話していた。

リーネットの言葉にミゼットは呟《つぶや》く。

「心残り……か」

ミゼットの中には確かに、三十年前のあの日から消えない怒《いか》りの火がくすぶっている。

姑息《こそく》な策略でイリスの残された最後の時間を削《けず》った兄《エドワード》をぶちのめしてやりたい。もっと言えば、そんな兄を生み出したこの国の貴族そのものを壊《こわ》してやりたいという思いがある。

しかし。

「でもなリーネットちゃん。イリスもオカンも……実際に被害《ひがい》を受けたやつらが許しとるんや。二人ともワイが王族たちとこれ以上対立を深めるのは望んでへん」

「ミゼット様にしては謙虚《けんきょ》ですね」

「謙虚も何も、意味がないねん」

「ありますよ。意味は」

リーネットはいつも通りの無表情で、非常に真面目《まじめ》な声で。

「過去の因縁《いんねん》を片付けるのは、心の健康にいいです」

そう言った。

「……」

その言葉にミゼットはポカンとしてしまう。

「引きずったままの過去は重いですよ。私はリック様に過去を受けいれさせてもらいました。それからずっと心が軽いです。心は軽くしておいた方が人生は楽しいですよミゼット様」

そう言って柔《やわ》らかく笑ったのだった。

その柔らかい笑顔《えがお》は、リックとの温泉旅行の後、時々見られるようになった、リーネットの年相応の少女のような笑顔である。

男ができたからそうなったのか、という風に考えていたミゼットだったが、どうやらそれだけではなかったらしい。

温泉旅行先でひと悶着《もんちゃく》あったらしいが、その際にリーネットは過去を清算する機会があったのだろう。

「なるほどなあ。ワイ自身のためか」

「はい。ミゼット様自身が気分よく過ごすためです」

ミゼットは少しの間考えていたが。

「……せやな、大事やな。愉快《ゆかい》に気分よく過ごせることは。うん、大事なことや」

ミゼットはそう言うと、スタスタと倉庫の出口に向けて歩いていく。

「ほな、ちょっと行ってくるわ」

背を向けてミゼットはヒラヒラと手を振った。


「……やあ、ミゼット。お出かけかい？」

倉庫を出ると、金色の元婚約者にして現在フレイアの所属する『シルヴィアワークス』のスポンサーである、シルヴィア・クイントが倉庫の壁《かべ》にもたれかかっていた。

ミゼットと似たニヤついた顔はこの時も健在である。

「そやな。ちょっと忘れ物を取りに」

「そう……」

シルヴィアは少し黙《だま》っていたが。

「ねえ、ミゼット。アタシの分も頼《たの》めるかしら？」

そんなことを言ってきた。

その表情は普段のにやけ面とは違い、真剣《しんけん》そのものだった。

「ああ、そうやな」

そうだ。

シルヴィアにとっても、エルフォニア王族と魔力血統主義は親友を苦しめて死に追いやった敵である。

できることならシルヴィアも自分で手を下してしまいたい欲求があるだろう。

もちろん、自分自身も貴族であり、当主を継《つ》いだ以上はどうしても貴族の中で生きなくてはならないシルヴィアに、それを実現することは不可能だが。

「分かった。元許嫁《いいなずけ》のよしみや。お前の分も忘れ物を取ってきたる」

「ありがとう」

深々と頭を下げるシルヴィア。

「やめえや、お前に頭下げられると気味悪いわ」

そう言ってミゼットは笑ったのだった。

そして再び歩き出す。

ミゼットは夜空を見上げて言った。

「……すまんなあオカン。我慢《がまん》のきかない放蕩息子《ほうとうむすこ》で」

□□□

（……さあ、どう来る？）
リックは姿勢を低くしていつでも動き出せる構えを取る。
金色五芒星の四人は、魔法を発動するために魔力を滾《たぎ》らせる。
まず最初に動いたのは青いの髪をした女のエルフだった。
「第七界級魔法『キリングウェイブ』!!」
当然のように無詠唱《むえいしょう》で放たれる第七界級魔法。
しかも、威力《いりょく》は十分。
魔法によって突如《とつじょ》発生した大量の水が、凄《すさ》まじい勢いでリックに迫《せま》ってくる。
下のフロア全体を埋《う》めつくす攻撃である。左右には躱《かわ》せない。
ならば……。
「よっと」
リックはそれを跳躍《ちょうやく》することで回避《かいひ》する。

「しかし、水の無いところでこのレベルの水系統魔法か。大したもんだ」

界綴魔法の多くはそうなのだが、周りに使用する自然現象の材料になるものが豊富にあるほど威力があがる。水系統の界綴魔法で言えば、水があるところで戦えばそもそも水を生み出すための魔力を使わなくていい分、水のコントロールに魔力を使えるのだ。

今回アクアマリンは、自らの魔力を使用して水を生成したわけだが、それで一瞬《いっしゅん》でこれだけの量を生み出せるのは凄まじい魔力量だと言うしかない。

「……俺の魔力量だったら、コップ一杯《ぱい》くらいが限界だろうな」

「あら、それで躱したつもりかしら？」

アクアマリンが手を振ると、一階フロアを侵食《しんしょく》した水が間欠泉のごとく噴《ふ》き上がり、空中のリックに襲《おそ》いかかる。

「速い!?」

その噴き上がる速度は、先ほどの水の速度を上回る程《ほど》のモノだった。

リックは二階フロアの手すりを蹴《け》って再びそれを回避するが。

「もう一度言うわ。それで躱したつもり？」

アクアマリンは再び手を振った。

すると凄まじい勢いで噴き上がっていた水が、再び方向を変えてリックに襲いかかってきたのである。

「!?」

水流がリックを直撃《ちょくげき》し、屋敷の壁ごと突《つ》き破《やぶ》ってリックを屋敷の外まで押《お》し流《なが》す。

「ちっ」

リックは屋敷の庭の地面を転がったが、素早く立ち上がる。

「あら、これを受けてすぐ立ち上がれるなんて呆《あき》れた頑丈《がんじょう》さね」

そう言いつつ、壁に空いた穴からアクアマリンが出てくる。

「お前こそ、水の無いところであれだけ大量の水を生み出しただけじゃなく、高速で何度も曲げるなんてなかなか大したもんだな」

少なくともAランク冒険者《ぼうけんしゃ》の中で最強の攻撃魔法《こうげきまほう》の使い手であるアンジェリカの兄でも、これほどの高度な操作は不可能だろう。

「当然じゃない」

アクアマリンは青い艶《つや》のある髪をかき上げて言う。

「アタシは水魔法王《みずまほうおう》、アクアマリン・リーンフォード。エルフォニア最高の水系統魔法の使い手よ？」

「……そうかい」

どうやらその看板に偽《いつわ》りは無しといったところか。

「じゃあ、今度はこっちから行くぞ」

リックは地面を蹴ると30メートルの距離《きょり》をたった二歩で詰《つ》める。

目前にリックが迫っていながら、アクアマリンは余裕《よゆう》の様子だった。

リックが拳《こぶし》を放つ。

が。


「ぬうん‼」


ガシイイイイイイイイイ‼

っと。

頑丈な金属を叩《たた》いたような音が響《ひび》き渡《わた》った。

横合いから現れた2mを超《こ》える大男のエルフが、リックの拳を代わりに受けたのである。

大男はリックの拳をモロに受けながらもニヤリと笑う。

「ふははは、土系統防御《ぼうぎょ》用第七界級魔法、『アイアン・シェルター』。岩石に魔力を混ぜ込んだ鋼鉄に匹敵《ひってき》する強度の鎧《よろい》だ」

「確かに硬《かた》いな」

「俺は土系統魔法王、ノーム・アトランタ!! 金色五芒星最高の防御力《ぼうぎょりょく》をそう簡単に貫《つらぬ》けると思わないでもらおうか」

そう言うと、ノームが拳を高く上げて握《にぎ》る。

「第四界級魔法『ストーンサック』」

ノームがそう唱えると、拳から尖《とが》った岩が突き出してきた。

リックは地面を上手く蹴り、素早くその場を離れる。

「ぬん!!」

先ほどまで自分がいた場所に、轟音《ごうおん》と共に凄まじい勢いで砂煙《すなけむり》が舞《ま》い上がる。

リックはそれを見て言う。

「エルフは長距離《ちょうきょり》からの魔《ま》法攻撃《ほうこうげき》が基本だと思ってたが、物理攻撃もなかなかの威力だな」

その言葉に答えたのはアクアマリンであった。

「当然ね……『元素五系統』にはそれぞれ特色がある。土系統魔法の特性は『強度』。極《きわ》めれば、アナタが使ってるグレードの低い身体強化どころか、強化魔法すら上回る物理性能の強化が可能になるわ」

さらにアクアマリンが自分の手を動かすと、水がそこに集まり、形を変えて複雑で精密な水でできた手のひらサイズの龍《りゅう》のオブジェに変化した。

「私の水系統の特徴《とくちょう》は『精密操作』。極めれば、こうして複雑な形に留《とど》めることも、高速で何度も曲げることも自由自在よ」

その時。


「そしてぇ」


リックの背後から、カエルの潰《つぶ》れたような声が聞こえてきた。

振り返ると、そこにいたのは背の低い小太りのエルフ。

「風系統の特性は『速度』だよお」

(いつの間に⁉)

冗談《じょうだん》でもなんでもなく、リックは背後に回られていることに全く気づかなかった。

「最速の魔術師《まじゅつし》。風魔法王、ウィング・アルバートだよお」

ニヤァ、っと気味の悪い笑みを浮かべるウィング。

リックは反射的に跳躍してその場を離れる。

そこに。

「そして俺様が、炎魔法王《ほのおまほうおう》、ブラスターク・シトロンハイムだ」

燃えるような赤い髪をした男が、その右手に炎《ほのお》を纏《まと》っていた。

「炎系統の特徴は『高出力』……燃《も》え尽《つ》きな、第七界級魔法『バーンドライブ』!!」

その言葉と共に、ブラスタークの右腕《みぎうで》に燃え盛っていた炎が凄まじい勢いでリックに向けて放たれた。

現在リックは空中に逃《のが》れていた。

魔法を無しに、回避は不可能だが。

「身体操作術『空走り』」

リーネットとブロストンから伝授された身体操作技法の一つ『空走り』。

空気を上手く蹴ることで、体を空中で移動させる技術である。

ドゴオオオオオオオオオオオオ!!

という轟音と共に、リックが先ほどまでいた場所を一直線に100m以上にわたって大地ごと焼き尽くす。

「ははは、やるじゃねえか不法侵入者《しんにゅうしゃ》!!　魔法を使わないであの状況《じょうきょう》から躱すとはなあ!!」

ブラスタークはその燃え上がる炎のような髪を爆風《ばくふう》になびかせながら豪快《ごうかい》に笑う。

「……ふう」

リックは着地すると一度息をついた。

（さて、一通りの攻防《こうぼう》をやってみたわけだが……）

「お前たち、思ったよりも全然強いな。これは面倒《めんどう》なことになった」

リックの言葉にアクアマリンは不愉快《ふゆかい》そうに言う。

「あら、舐《な》められたものね。リーダーは別格としても、アタシたちはエルフォニア魔法軍隊の最高戦力よ？　生半可な戦闘能力なわけがないでしょう？」

「いや、別に弱いと見てたわけじゃないんだ。むしろ、かなり強いだろうなと思ってたさ。ただ、それを遥かに上回ってきた。ああ、困ったな」

「今更命乞《いまさらいのちご》いしても、残念ながら許されないわよ？」

優越感《ゆうえつかん》たっぷりの表情でそう言ってくるアクアマリン。

全く困った話である。

なにせ。

「……これじゃあ、そこそこ本気を出すしかないじゃねえか」

「は？」

リックの言葉に一瞬、ポカンとするアクアマリン。

「ふう」

リックは一つ呼吸を入れると、ゆっくりと拳を握りこむ。

するとビキビキと血管と筋肉が隆起《りゅうき》した。

「今はちょっとイラついて気持ちが荒立《あらだ》ってるからな。加減し損《そこ》ねると困るから、できればあんまり本気でやりたくはなかったんだが」

「さっきから、何を言っているんだお前は……」

アクアマリンがそんなことを言うが、一定以上強くなると実際加減というのは難しくなるものである。

特に今回のように『Sランクの領域』の力を出さなくてはならない中での加減は難しい。

「なあお前ら、一ついいか？」

「あらなにかしら？　命乞い？」

「防御魔法《ぼうぎょまほう》は最大にしておいてくれ。間違《まちが》えて殺さないように」

□□□

金色五芒星の一人、水魔法王アクアマリンは今回の獲物《えもの》を舐めてはいないが、同時に容易《たやす》い相手だと考えていた。

確かに先ほど地面を殴ってクレーターを発生させたことなどを見れば、凄まじいパワーの持ち主なのは分かる。

しかし、それはあくまで「身体能力が高い」というだけの話だ。

ガーフィールドが『精霊の瞳《フェアリーグラス》』で見たように、魔力は身体強化に使う分でいっぱいいっぱいという感じだ。

つまりは単なる腕力《わんりょく》バカである。

対する自分たちは魔法を武器とする。

魔法が身体能力に圧倒的に勝る点は、その応用性にある。

体などいくら鍛《きた》えたところで、できることは所詮《しょせん》は走って近づいて殴る程度だ。

魔法であれば、近距離《きんきょり》中距離遠距離《ちゅうきょりえんきょり》であらゆる攻撃方法を取ることができるし、防御や味方の補助も思いのままだ。

しかも、こちらは四人。

勝負は見えている。

（……ふん、なにが『殺さないように』だ。短命ザルめ）

安心しろ。こっちはちゃんと殺すつもりで殺してやる。

アクアマリンはリックに向けて遠距離から高威力の水属性の界級魔法を放とうとする。

「第七界級魔法『キリングウェ」

次の瞬間《しゅんかん》。


ドコン!!


と、自分の右側にいた土魔法王、ノームが吹っ飛んで屋敷の壁にめり込んでいた。

「……え？」

アクアマリンがそちらに目を向けると、いつの間にか拳を振り終わった姿勢のリックが、先ほどまでノームがいた場所に移動していた。

「まず、一人」

ゾワリ、とアクアマリンの額を冷たい汗《あせ》が流れる。

……全く見えなかった。

「……なんだ、今の瞬間移動は。貴様、いったい今何の魔法を使った⁉」

アクアマリンの言葉に。

「使ってないぞ。普通《ふつう》に走って殴っただけだ」

「馬鹿《ばか》な!!」

「まあ、メチャクチャ鍛えて地面を上手く蹴れば魔法なんか使えなくたってこれくらいはできるさ」

そんなわけのわからないことを不法侵入者が言うと。

「ぬああああああああああああああああああああ!!」

落ちてきた瓦礫《がれき》の中からノームが飛び出してきた。

「効かぬ!!　効かぬぞおおおおお!!」

さすがは自分と同じ金色五芒星の一人。

最強の防御力を誇る鉱物の鎧は伊達《だて》ではない。

「この俺の防御力は絶対だ!!　魔法も使えぬ短命ザルごときに打ち破ることはできぬ」

「へえ。今の耐《た》えるのか」

「な!?」

驚愕《きょうがく》するノーム。

いつの間にかリックは目の前に移動していた。

「じゃあ、もう一度」

そう言ってリックが拳を振りかぶる。

そこで、アクアマリンは気が付いた。

ノームが体に纏う鉱物の鎧。その一部に。

（……馬鹿な。ヒビが入っている⁉）

「今度はもう少し本気でいくぞ」

凄まじい威力の連続の拳がノームに炸裂《さくれつ》した。

アクアマリンの目では何発打ったか全く見えなかったが、金属同士が激突《げきとつ》した時のような激しい打突音が耳に響く。

金色五芒星最強の防御力を誇《ほこ》るノームの鎧もなんのその。

知ったことかと言わんばかりに、真っ向から粉砕《ふんさい》する。

「ごっ……ばっ……⁉」

ノームは白目をむいて、その場に倒れこんだ。

気を失ったことで、ノームの首筋に刻まれていた『アンラの渦《うず》』の発動権限である紋章が消失する。

「使用者が睡眠《すいみん》以外で気を失うと解ける魔法は多いが、これもその類《たぐい》か……」

そんなことを呟くリックを背後から狙い撃つものが一人。

炎魔法王、ブラスタークである。

「くらえ!! 第七界級魔法『バーンドライ』」

「やっぱり、魔法の弱点はどうしても詠唱がいるところだな」

「⁉」

先ほどまでと同じ。まるで瞬間移動のごとき速さで、リックはブラスタークの目の前まで迫っていた。

そして容赦《ようしゃ》なく回《まわ》し蹴《げ》りを放つ。

「ぐほっ!!」

ブラスタークは凄まじい勢いで、20m以上吹っ飛んでそのまま地面を40m近く転がり気を失った。

「まあ、詠唱無しで高威力魔法《こういりょくまほう》ポンポン打てる化け物も知ってるけどな……さて、あとは二人」

リックはそう言うと、地面を蹴って再び加速する。

標的はアクアマリンではなくもう一人の金色五芒星、『風系統魔法王』ウィングである。

今度は目にも留まらぬほどの加速で近づき、拳を放つが。

「ジャンプ!!」

ウィングがそう唱えた瞬間、ウィングの体はその場から消失した。

「!?」

驚きに目を見開くリック。

振り向くとウィングは５０m以上も離《はな》れた、防壁《ぼうへき》の上に立っていた。

「ふぉふぉふぉ。確かに凄まじい身体能力を持っているようだが、私を捕《つか》まえることはできないよぉ」

「……面白《おもしろ》いな。転送魔《ま》法《ほう》の応用か」

「その通りです。風系統第七界綴魔法『アトモスフィアジャンパー』。大気の流れを媒体《ばいたい》にすることで、瞬間移動を可能にした魔法です。確かにアナタは瞬間移動のように速いんでしょうが、本当の瞬間移動には敵《かな》わないでしょう？　先ほども私の動きに反応できていなかったみたいですしねぇ」

「そうだな。速く動いてるだけだったら見極める自信はあるが、本当に瞬間移動する奴《やつ》は俺《おれ》も初めてだ」

ウィングは小さな剣《けん》を引き抜《ぬ》いて言う。

「あとは、これで急所を一突《ひとつ》きすれば終わりです」

フッ、とウィングの姿が消失する。

そして一瞬でリックの死角に現れ、蟀谷《こめかみ》に向かって剣を突き出す。

いや、むしろ動きとしては剣を突き出しながら、リックの蟀谷に当たる位置に瞬間移動したという感じに近い。

よって、移動してから攻撃《こうげき》までのタイムラグは無し。

回避不可能の必殺である。

……が。

パシッ、とウィングの剣を持った手をリックが掴んだ。

「馬鹿な!!　瞬間移動を見切ったというのか!?」

「いや。瞬間移動は見切れなかったから、お前の剣が皮膚《ひふ》に触《ふ》れてから反応したんだよ。まあ、これくらいできないと、アリスレートさんの電撃避《でんげきよ》けられないし」

「ぐっ、は、放せ」

「よいしょ」

ボキイ!!

と、リックは掴んだウィングの腕を握力《あくりょく》に任せて強引《ごういん》に握りつぶした。

「ほぎゃああああああああああああああああ!!」

絶叫《ぜっきょう》が響き渡る。

そのまま、屋敷《やしき》に向かって投げ飛ばす。

ベコン!!　という音とともに、ウィングの体が深々と屋敷の壁にめり込んだ。

「よし……三人目」

リックはそう呟くと。

「さて、後はお前だけだな」

ゆっくりとアクアマリンに向けて歩いてくる。

「……ば、化け物」

なんだ、これは？

「なんだこれは、いったい何がどうなっている!?　相手は一人で魔力《まりょく》の脆弱《ぜいじゃく》な短命ザルだぞ!!!　なのになんで!!」

「なんでかってそりゃ……頑張《がんば》って鍛えたからだな」

「さっきから、わけの分からないことを言うなあああああああああああ!!」

アクアマリンは絶叫と共に、ありったけの魔力を全身に巡《めぐ》らせる。

「逆巻け水流!!　海洋神の両の腕、森羅貫く三叉《さんさ》槍《やり》、善悪強弱区別なく渦巻《うずまき》飲《の》み込む青き星の絶唱を聞け‼　第八界級魔法『テンペスト・ウェーブ』‼」

放ったのはアクアマリン最大威力の第八界級魔法全文詠唱。

生物が扱《あつか》える最高位の界級魔法は当然ながら凄まじく、発生させた水量は先ほど屋敷内《やしきない》で出した時の軽く三十倍を超える。

その大量の水が凄まじい勢いでリックに襲いかかってくる。

しかも、この魔法の恐《おそ》ろしいところはそれだけではない。

第八界級魔法は、発生させた自然現象に何らかの特性を付与する効果がある。

ラスター・ディルムットの『ユグドラシル・ゴットインパクト』なら、人型に生成した植物に筋繊維《きんせんい》のように動く柔軟性《じゅうなんせい》と伸縮性《しんしゅくせい》を付与する。

ケルヴィン・ウルヴォルフの使用した『エンジェルズ・ティア』なら、落下する隕石《いんせき》に「標的以外をすり抜ける」という特性を付与する。

そして。

『テンペスト・ウェーブ』が発生させた水に付与するのは「通常の水を超える高重量」。

生み出された水の重量は、普通の水の約五倍。

つまり三十倍の水量と合わせて、単純計算で先ほどの百五十倍の威力の水流攻撃である。

もはや背後にある屋敷の防壁ごと木《こ》っ端《ぱ》みじんに押し流すつもりで放った、渾身《こんしん》の魔法だった。

……が。

「おお!!」

リックは咆哮《ほうこう》と共にその波に真正面から拳を一発。

ドジャアアアアアアアアアアアアア!!

という、火山の噴火《ふんか》でも起きたのではないかという轟音と共に大津波《おおつなみ》を吹っ飛ばした。

「……お、おお」

アクアマリンは、もはや淡水魚《たんすいぎょ》のように口をパクパクと開けて呆然《ぼうぜん》とするしかなかった。

なんだこれは……怪物《かいぶつ》すぎる。

「魔法を極めるのが強くなる王道で効率的な方法だってのは俺も納得《なっとく》するよ」

化け物はゆっくりとこちらに向かって歩きながら言う。

「だがな……別に、魔法を極めなくたって強くなるやり方は沢山《たくさん》ある。俺みたいに体を鍛えてもいい。体を動かす技術を極めてもいい。強力な武器を開発したっていい。お金を稼《かせ》いで自分より強い人間を雇《やと》うのだっていい」

アクアマリンは恐怖《きょうふ》のあまり、その場から動くことができなかった。

「もっと言えば、強くならなくたっていいんだよ。医術を極めて人を救うのだっていい、毎日人がやりたくない仕事を丁寧にこなせるのだっていい……ボートレースの腕《うで》を磨《みが》いて人に感動や夢をあたえるのだっていい。そこに貴賤《きせん》も上下も無いんだよ、本当はな。だから俺は、お前らの『魔力血統至上主義』は嫌《きら》いだ。魔法を極めて強くなることだけが高貴で上等だなんて、そんなバカげたことがあるかよ」

そして、化け物はアクアマリンの前までやってくると、ゆっくりと拳を振《ふ》りかぶる。

「だがまあ、今のはいい魔法だったぞ。かなり本気で迎《むか》え撃《う》たざるをえなかった」

その言葉と同時にアクアマリンの顎《あご》に衝撃《しょうげき》が走り、意識が途絶《とだ》えた。

□□□

「……ふう」

ひとまず金色五芒星《ごぼうせい》の四人を倒《たお》したリックは一息ついた。

「思ったより時間がかかったな」

特に水系統と風系統の二人は驚《おどろ》きだった。

第八界級魔法の全文詠唱に戦闘《せんとう》で使えるレベルの転移魔法である。

特に後者の転移魔法は、それなりに魔法については勉強したリックからみても見たこともないようなものだった。

間違いなく、魔《ま》法使《ほうつか》いとしては優秀《ゆうしゅう》なのだろう。

「さて……次はアイツか。間違いなく、この四人と同時に戦うよりも何倍も手ごわいだろうな」

なんにせよ時間が無い。

『エルフォニアグランプリ』の本戦の出走開始まで、あと五時間三十分。

それまでに、エドワードも追いかけて倒さなければ……。

と、その時。

ガラッ。

という音が背後からした。

振り返ると、そこには屋敷の壁にめり込《こ》んで気を失っていたはずのウィングが、体を起こしていた。

どうやら気を失ってはいなかったようだ。

スキンヘッドの頭に刻まれている、『アンラの渦』の発動権限を示す紋章《もんしょう》は消えていなかった。

「……に、任務は遂行《すいこう》される」

血の滴《したた》る口元を歪《ゆが》め、ニヤリと笑うウィング。

「油断したなあ!!　短命ザルがぁ!!」

「まずい!!」

リックは地面を蹴って、凄まじい加速でウィングを今度こそ気絶させようとするが。

「ジャンプ!!」

ウィングの姿はその場から消え去った。

「くっ、しまった……」

どこかに転移された。

もちろん、捜《さが》し出して見つけ出せばいいだけの話なのだが『エルフォニアグランプリ』の本戦が始まるまでのタイムリミットがある。

「ただでさえ、このあと厄介《やっかい》なやつを倒さないとならないってのに……」

リックはそう言いながら、金色五芒星最後の一人が待つ屋敷の中に目をやる。

しかも、それだけでなく、逃《に》げたエドワードも追いかけて気絶させなければならない。

(間に合わせるためには、転移先の絞《しぼ》り込みが必要だ……なにか根拠《こんきょ》になるものは……)

リックがそんなことを考えていると。


「なんや、せっかく人が覚悟《かくご》決めて来たってのに。もう、あらかた片付いとるやないか」

背後から聞こえてきたのはミゼットの声だった。

「ミゼットさん!?」

□□□

「ははーん、なるほどなあ。そりゃめんどいことになってるな。相変わらずエドワードのやつ、周到《しゅうとう》で意地の悪い改良を考えよるわ」

リックから手早く現在の状況を説明されたミゼットは、呆れた様子でそう呟《つぶや》いた。

ニッ

そして、少し考えた後。

「……分かったわ。そしたらエドワードのやつはワイがとっちめたる」

そう言った。

「ミゼットさん……いいんですか？」

リックは詳《くわ》しい事情は知らないが、ミゼットにはエルフォニア王族に敵対できない理由があったはずだ。

だからこそ、襲撃《しゅうげき》もリック一人で始めたのだが。

「まあ、ちょっと気が変わってな……やっぱり、けじめはつけとかんとな」

ミゼットは少しバツが悪そうな表情でそう言った。

何が心境を変化させたかは知らないが、ミゼットの瞳《ひとみ》には強い覚悟が宿っていた。

「まあ、そういうわけでリック君はウィングのやつを追うとええわ。アイツの転移魔法やけど、大気中の魔力の流れに乗る形で転移するわけやが、大気の魔力の流れは速すぎるねん。どこかで人工的に流れを極端《きょくたん》に遅《おそ》くする場所を作らないと途中《とちゅう》で流れから降りられんのや。つまり、転移できる場所は決まっとる」

ミゼットは麻袋《あさぶくろ》からエルフォニアの地図とペンを出す。

そして次々に丸を付けていく。

「この屋敷を含《ふく》めた、エルフォニア貴族のお抱《かか》えの建物のどこかに移動してるはずや。大気の魔力をせき止める術式は高価で、メンテナンスが必要やから。必然的に用意しておける施設《しせつ》は限られてくる」

「って言っても、候補がかなり多いですね……」

「ははは、でもリック君ならなんとかするんやろ？」

ミゼットは信頼《しんらい》を込めて真っすぐにこちらの方を見てくる。

「……そうですね。はい、なんとかします」

「うん。それでこそワイらのパーティの一員や」

ミゼットはリックに転移先の候補地、三十二か所が書かれた地図を渡す。

「これで役割分担は完了《かんりょう》やな。ほな、行ってくるわ。アイツの行き先はだいたい見当がつく」

ミゼットはそう言って、エドワードのところに向かおうとするが。

「あ、でも、金色五芒星の最後の一人は……」

リックがそう言うと、ミゼットは振り返りもせず歩きながら言う。

「大丈夫大丈夫《だいじょうぶだいじょうぶ》。さっき来るときに『一番ヤバいの』がこっちに向かってたから」

□□□

第一王子の屋敷の奥《おく》にある部屋の豪華《ごうか》に装飾《そうしょく》された椅子《いす》に、金色五芒星の頭目カエサル・ガーフィールドは腰《こし》かけていた。

「ふん。正直、エドワード総司令のこの趣味《しゅみ》は分からんな」

カエサルはそう呟いた。

彼《かれ》が今いるのは、第一王子の屋敷の大広間である。

ここで日夜貴族たちを招き社交会などを催《もよお》してるわけだ。そのためそこら中に豪華な調度品を配置し飾《かざ》り立てられている。

カエサル自身も王族ではないが大公家の出身であるため、エルフォニアの貴族社会においてほとんど最上位の生まれを持っていると言っていい。

しかし、昔からカエサルはこの手の贅沢品《ぜいたくひん》に興味が無かった。

幼いころからカエサルが興味があったのはただ一つ。

心躍《おど》る魔法戦である。

ところが、あまりにも強すぎたカエサルとまともに魔法戦をできる者がいなかった。

エドワードは魔法戦を観戦するのは好むが、自分から積極的に戦うのは好まないし、いずれは一番自分とまともに戦えそうだと思っていた第二王子は、三十年前に国を出て行ってしまった。

だから、カエサルは飢《う》えている。

強き敵に。この力を存分に振るえる相手に。

（……あの男は、楽しみだ）

カエサルはそう呟いた。

魔力量が圧倒的《あっとうてき》に少ないにもかかわらず、奥深《おくぶか》い強さを感じさせる男。

まあ、魔法戦にはならないだろうが、そこは我慢《がまん》するとしよう。

「さあ、さっさと。四人を破ってこい」

どのみち金色五芒星のあの四人を瞬殺できなければ、自分とは勝負にもならない。

そんなことを考えていると。

ギイィ。

と、大広間の入り口の扉《とびら》が開いた。

「来たか……ん？」

カエサルはそう言ったが、現れた人影《ひとかげ》は小さかった。

まるで子供のようなサイズであり、間違いなくリックではない。

「うわー、広いお部屋だねー。金ぴかピンだぁ!!」

入ってきたのは十歳《さい》程度の見た目をした、赤い髪《かみ》の少女アリスレート・ドラクルだった。

第二話　最凶

第一王子の屋敷から移動したエドワード・ハイエルフがやってきたのはエルフォニア王家、第七分割《ぶんかつ》領に建てられた屋敷だった。

分割領とは、各貴族たちが治める土地の一部が王家所有の領地になっている場所のことを言う。主に王族の人間の王宮以外での別荘《べっそう》などとして使われることが多い。

そして何《なに》を隠《かく》そうこの第七分割領は、あのミゼット第二王子のために用意された場所であった。

第二王子が失踪《しっそう》して以来、エルフォニア王家が直接所持している状態だ。

ここには極秘《ごくひ》のとある事情から、現在エルフォニア王家の王宮そのものと遜色《そんしょく》ないほどの警備が常に敷《し》かれている。

エドワードが逃げ込むにはベストな場所だった。特に警備が厳重になっているという極秘情報を知っているものがほとんどいないというところも、身を隠すのにいい条件だと言っていいだろう。

エドワード・ハイエルフは屋敷にある客間に入ると、座《すわ》り心地《ごこち》の好《よ》さそうなソファーに深く腰掛《こしか》ける。

「ええ、まったく。頭の悪い短命ザルに絡《から》まれると厄介ですな」

その隣《となり》には相変わらず、ゴマすりに余念がない小太りのディーン伯爵《はくしゃく》。

エドワードは追われる身でありながら、しかし、余裕《よゆう》の表情だった。

「まあ、ああいう劣等《れっとう》種ほど生き汚《ぎたな》くてしつこいからねえ。まあだが、金色五芒星全員で対処させたから終わりだろう。特にガーフィールドのやつはエルフォニア最強の戦士だ。まあ、万が一……いや数千億が一倒せたとしても、ここを探し当てて警備を突破《とっぱ》し僕を倒すまでの力は残されていないだろうね」

エドワードは使用人に棚《たな》からワインを取り出させると、グラスに注いで自分の前に置かせた。

「僕は安心して優雅《ゆうが》な夜を過ごすことにしよう」

□□□

カエサル・ガーフィールドは、待っていた中年の男の代わりに現れたアリスレートに眉《まゆ》いはずだ。


を顰《ひそ》めた。

（……少女？　なぜこんなところに？）

もしかして迷《まよ》い込んだのだろうか？

外で金色五芒星が戦闘をしたのなら、防壁の一か所や二か所壊《こわ》れていてもおかしくはないはずだ。

そこから入り込んでしまった可能性もないわけではないが。

（それにしては……妙《みょう》に堂に入ってるな）

迷い子のようなビクビクしている感じはない。

むしろ、百獣《ひゃくじゅう》の王のような傍若無人《ぼうじゃくぶじん》さというか、この世界に自分に対抗《たいこう》できる敵はいないと思っているような、堂々とした雰囲気《ふんいき》を感じさせる。

「……お前は、もしかして。あの人間や第二王子の仲間か？」

「うん。おじさんのこと倒しに来たよ!!」

元気いっぱいにそんなことを言ってのける小さな少女。

「なるほど、つまりお前は俺の敵というわけだな」

カエサルは額にある三つ目の目を開いた。

第三の目、『精霊の瞳《フェアリーグラス》』は、見たものの魔力的な資質や能力をイメージとして読み取る能力である。

第六等級や第五等級なら小さな虫けら、第四等級は小動物、第三等級は人間サイズの生物、第二等級は巨大《きょだい》だったり凶暴《きょうぼう》だったりする生物、第一等級ともなれば超大型《ちょうおおがた》のモンスターや自然現象が見える。

今までカエサルが見てきた中で最も凄《すご》かったのは、第二王子ミゼットである。

雄大《ゆうだい》な山々の連なる山脈が目に飛び込んできたものだ。

さて、では目の前の少女だが……。

(……ん?)

どういうことだ?

背後に青い靄《もや》がかかってイメージが見えない。

今までこんな事は無かったが……。

そんなことをしている間に。

「じゃあ、行くよー!!」

アリスレートは小さな指をこちらに向けると。

「えい!!」

と、詠唱《えいしょう》も何もなく、凄《すさ》まじい威力《いりょく》の炎《ほのお》を放ってきた。

(完全無詠唱だと!!)

ドゴオオオオオオオオオオオオオ!!

と、凄まじい炎がカエサルを飲《の》み込んだ。

あまりの威力に、命中した箇所《かしょ》だけでなく攻撃の通り道や、その周囲に至るまで黒焦《くろこ》げになってしまっている。

コンクリート製の床《ゆか》まで溶《と》け出しているというのだから恐ろしい。

焦《こ》げ臭《くさ》いにおいと、煙《けむり》が大広間に充満《じゅうまん》する。

……しかし。

「……実に面白いぞ小娘《こむすめ》」

カエサルは無傷だった。

椅子に腰かけたまま、全く動かずにアリスレートの攻撃を防いだのである。

「だがまあ、俺を倒すには至らんな」

それを可能にしたのは、カエサルが纏《まと》う透明《とうめい》な魔力によるものだった。

「エーテル系統魔法。適性保持率一億分の一、『元素五系統』の中でもっとも希少かつ最強の系統の魔法だ」

『元素五系統』はそれぞれ特性がある。

炎系統は『高出力』。

土系統は『強度』。

水系統は『精密操作』。

風系統は『速度』。

そしてエーテルは……『万能性《ばんのうせい》』。

反則的なことに、エーテル系統は他《ほか》の四つの系統全《すべ》ての性質を兼《か》ね備《そな》えているのである。

これはそもそも、魔法においてこの世界を構成するものが炎、土、水、風、エーテルの五つの元素によってできているということに起因する。

エーテルは世界を構成する最小の存在そのものであり、他の四つはエーテルをどのように変化させるかを司《つかさど》るものであるとされる。

つまり、エーテルそのものを直接操《あやつ》れれば、自然界で起こる事象の全てが実現可能であるということである。

エーテル系統とはすなわち、全ての系統魔法の上位互換《ごかん》なのである。

「完全無詠唱の炎でその威力。だがしかし、我《わ》が魔法の万能性には届かん」

カエサルは椅子からゆっくりと立ち上がる。

「界綴魔法《かいていまほう》には相性《あいしょう》がある。炎は水に弱く、水は土に弱く、土は風に弱い、そして風は炎に弱い。雷撃《らいげき》や氷などの、これらの元素系統を複合した魔法でもこの基本は変わらない」

この相性の差というのは非常に大きく、相性がいい側の力は倍になり悪い側の力は半減すると言われている。つまり、相性不利で勝つには最低でも四倍以上の力が必要になるわけである。

よって、魔法戦においては相性の有利な属性を使われた瞬間に、こちらも別の属性に切り替《か》えるのが基本とされている。

実際、金色五芒星の面々も、自分たちの司る属性以外にも最低二つはそれなりのレベルで使えるように訓練している。

しかし……エーテル系統の適性を持つ、カエサルだけは違《ちが》う。

カエサルはオーラを纏った自らの手を見ながら言う。

「俺のエーテル系統第七界綴魔法『エンペラーオーラ』は、敵の魔法に触れた瞬間、瞬時にその魔法に相性のいい属性に性質を切り替えることができる」

そう。

エーテルの特性は『万能性』。

その万能性をいかんなく活《い》かしたカエサルの防御魔法《ぼうぎょまほう》は、炎に触れればすぐさまその性質を水へ、水に触れればすぐさまその性質を土へ、と都合よくその属性を切り替えるのである。

「さらに、俺の魔力量は生来多くてな。一般的《いっぱんてき》な第一等級のエルフの約五十二倍の魔力量を保有している。このオーラを貫《つらぬ》きたくば、相性有利も含めてさらにその四倍の魔力をぶつけなくてはならない」

「へー、そうなんだ」

アリスレートは特に驚く様子もなくそう言った。

「まあだから、非常に残念で退屈《たいくつ》なことだが俺は無敵なんだよ小娘。そして、このオーラは攻撃に転じた時に、あらゆる防御魔法に属性有利を発揮して貫く最強の刃《やいば》となる」

カエサルが右手をアリスレートの方に向けた。

しかし。

「どーん‼」

グシャア‼

っと、カエサルの体が大広間の壁《かべ》に深々とめり込んだ。

「ごっあっ……⁉」

全身十数か所の骨が砕《くだ》け、五か所の筋繊維の断裂《だんれつ》と大量の出血、同時に肺の空気が一瞬《いっしゅん》で一滴《いってき》残らず外に絞り出される。

文句なしの戦闘不能状態だった。

（……な、なに……が）

カエサルは自分の身に起こったことを理解できなかった。

いや。

実際に起こったことは分かっている。

あの幼女が完全無詠唱で放った空気を打ち出す魔法が、自分に襲《おそ》いかかったのだ。

だが、カエサルの絶対防御《ぼうぎょ》であるはずの『エンペラーオーラ』が、なんの工夫《くふう》もなく真正面から打ち破られたという事実を脳が認識《にんしき》したがらなかった。

「ば……かな、必ず相性有利を起こせる、『エンペラーオーラ』が……」

「んー、相性ってあっても四倍とか五倍とかだよね？」

アリスレートは頬《ほお》に人差し指を当てながら可愛《かわい》らしい声で。

「アリス、自分の一万分の一より大きい魔力持った人と会ったことないから、魔法の相性とか考えたことないんだよね」

そんな驚愕《きょうがく》の事実を口にした。

普段《ふだん》ならカエサルは笑い飛ばすところだが、実際にその圧倒的な力を見せつけられては否定しようがなかった。

何より。

(そうか、さっきこの女の魔力のイメージが見えなかったのは……巨大すぎたから……)

大きすぎるものは逆に見えない。

カエサルは改めて『精霊の瞳《フェアリーグラス》』を操作し、極限まで引いた視点で見る。

(なんだこれは……)

アリスレートの魔力のイメージは、黒い空間に浮《う》かぶ巨大な青い球体であった。

天文学の知識を持つブロストンであれば、それが何かは分かっただろう。

地球。

自分たちが住む星そのものをイメージさせる程《ほど》の魔力をこの女は持っているのだ。

「ば……化け物……」

カエサルはこれまでさんざん自分が言われてきたことを自然と口にしていた。

自分など井《い》の中《なか》の蛙《かわず》だった。

この世界には、こんな次元が違い過ぎる生物が存在していたのか。

「んー。まだ、気絶してないみたいだから、もう一回かな？」

「くっ⁉　第七界級魔法『エンペラーオーラ』‼」

「ばーん‼」

アリスレートの無慈悲《むじひ》な雷撃魔法《らいげきまほう》が、カエサルに炸裂《さくれつ》した。

□□

所変わって、エルフォニア王国の第七分割領。

警備兵たちが防壁の正面門前で立ち話をしていた。

「それにしても、こんな夜に第一王子が訪ねてくるとは。何かあったのでしょうか？」

若い警備兵がそう言った。

答えたのはベテランの警備兵である。

「さあな。我々兵士にはあずかり知らんことだ。だが、どのような事態があれど問題ではなかろう。現在ここを守るのは我々『魔法《まほう》軍隊』第一番隊。精鋭《せいえい》中の精鋭だ」

そう。

現在、第一王子だけでなく、とある重要人物がいるこの屋敷を警備しているのは、『魔法軍隊』でも最も魔法戦闘《まほうせんとう》能力が高い者が選ばれる第一番隊である。

「第一番隊に選ばれた以上は、もはや我々は他の者たちと同じレベルの存在ではない。お前もそのことを肝《きも》に銘《めい》じておくのだな」

「まあ、そうですね。実際、他の連中は弱すぎて一緒《いっしょ》にいるのバカバカしいし」

そんなことを言う若い警備兵。

本来であれば、ベテランの兵士は「そんなことを言うものではない」という所だが。

「その意気だ。警備を続けるぞ」

と、称賛《しょうさん》するベテランの警備兵。

その時。

バキイイイイイイイイイ!!

と、突如《とつじょ》正面の門を突《つ》き破《やぶ》って鉄の塊《かたまり》が現れた。

見たことも無い代物《しろもの》であった。

四つの車輪がついているため馬車のようにも見えたが、馬に引かせていない。代わりに背後に取り付けられた筒《つつ》からブロロロという音を立てて空気を吐《は》き出して進んでいる。

なにより金属でできた角ばった車体が、戦いのために作られたモノであると雄弁《ゆうべん》に語っている。

「襲撃だ!!　撃退《げきたい》しろ!!」

ベテラン兵士の言葉に、兵士たちが集まってくる。

正体は分からないが、ひとまず精鋭魔法使いたちが四方から強力な魔法を叩《たた》きつけて動けなくしてから調べればいい。

「おいおい、主《あるじ》が帰ったってのに無作法やな」

そして、その走る鉄の塊の上に乗る男のニヤケ面を見た瞬間《しゅんかん》、警備兵たちの顔が驚愕に染まる。

「お、お前はっ!!」

ミゼット・エルドワーフ。

この第七分割領の元々の持ち主にして、混血であることから忌子《いみこ》と呼ばれ、最後は初代国王の像を破壊《はかい》して国を出て行った男である。

「ただいまやで」

ニヤアっと邪悪《じゃあく》な笑《え》みを浮かべるミゼット。

「だ、第二王子……どうすれば……」

王族に攻撃《こうげき》していいものかと戸惑《とまど》う警備兵たち。

しかし、ベテラン警備兵の反応は早かった。

「構うことはない。あの男は三十年前すでにこの国とハイエルフ王家から切られている。王族だろうが殺しても構わん」

「おうおう、物騒《ぶっそう》やないか。平和的にいこか」

ガシャン。

ミゼットは鉄の車に設置された、長い筒がいくつも円状に束ねられた武器を警備兵たちに向けた。

「『マチルダ三号、ローリング火筒君エクストラ』」

ミゼットが引き金を引いた瞬間、束ねられた筒が高速で回転する。

『マチルダ三号、ローリング火筒君エクストラ』は、砲身《ほうしん》をいくつも束ねたものを高速で回転させ次々に装填《そうてん》と発砲《はっぽう》と排出《はいしゅつ》を繰《く》り返すことで、超高速《ちょうこうそく》の連射を実現する武器である。

「ファイア」

凄まじい連射速度で弾丸《だんがん》が発射された。

「「「ごあああああああああああああああああああああああ!!!!」」」

もはや連続の発砲というよりも、ホースで弾丸の水を撒《ま》いているかのごとき超高速の連射になぎ倒されていく警備兵たち。

その連射速度の恐《おそ》ろしさは、銃撃音《じゅうげきおん》に現れていると言っていい。

通常の銃撃音は「パン!!」という火薬が一発爆《は》ぜる音が聞こえてくるものである。しかし、今響《ひび》いている銃撃音は「ブー」っという、巨大な虫でも飛んでいるかのような音なのだ。

すなわち、あまりの連射速度に発砲音《はっぽうおん》の切れ目が無くなっているのである。

さすがの『魔法軍隊』の兵士たちも、毎分数千発にも及《およ》ぶ弾丸の嵐《あらし》になすすべがなかった。

「はっはっは!!　死にたくなかったら、さっさとエドワードの阿呆《あほう》を出すんやなあ!!」

まるで悪役のようなセリフを言うミゼットだった。

□□□

「……な、なんですか今の音は⁉」

第七分割領の客間にまで響いてきた破壊音《はかい》を聞いて、ディーン伯爵はそんな声を上げた。

エドワードは眉を顰める。

(まさか……もう金色五芒星を倒して来たか？)

一瞬そんなことが頭をよぎったが。

しかし、すぐに思い直す。

(…いや、無いな。あの中年の力がいかほどのものか、その全力は見ることができなかったが、少なくともカエサルをこんな早くに倒すことなど不可能だ。仮にカエサルを瞬殺できるとしても、僕《ぼく》が避難《ひなん》した先を見つけるのが早すぎる)

では、いったい何者が？

そんなことを考えていた時、客間の扉が勢いよく開かれ下士官が飛び込んできた。

「しゅ、襲撃者《しゅうげきしゃ》です!!　襲撃者がっっ!!」

下士官の様子はどこかおかしかった。

顔面蒼白《そうはく》で、声が震《ふる》えている。

この下士官は戦場経験もある『魔法軍隊』の中でも、精鋭のはずなのだ。

いくら何でもこの慌《あわ》てようはおかしい。

「落ち着け。何があった？　襲撃者は何者だ？」

「ミ、ミゼット王子が……」

下士官は震える声で言う。

「み、ミゼット様が戻《もど》られましたあああああああああああああああ!!」

「なにいいいいいいいいいいいいい!!」

悲鳴のような声を上げたのはディーン伯爵である。

ディーンはすでに先刻、ミゼットから「今度余計なことをしたらタダではおかん」と脅《きょう》迫《はく》されている。

しかし、エドワードからハイエルフ王家にミゼットは手を出せないと聞いていたから、その後も協力をしていたのだ。

それがこうして、堂々と正面からハイエルフ王家所有の屋敷《やしき》に突撃《とつげき》して来たのだ。

混ざりもの、ミゼット・ハイエルフの恐ろしさはエルフォニア貴族なら誰《だれ》でも知っている。

幼少の頃《ころ》より圧倒的な魔力《まりょく》の才能を誇《ほこ》り、さらには意味不明の武器を生産し、気に入らない者がいれば嫌《いや》がらせのようなノリで屋敷ごと吹《ふ》き飛ばすことも何度もあった。

でありながら、その戦闘《せんとう》能力があまりにも高いため放置するしかなかったという超危険《ちょうきけん》人物である。

下士官の慌てようも分かるというものだ。

「エドワード様、話が違うではないですか!!」

「……」

エドワードは黙《だま》って口に手を当てている。

「聞いているのですかエドワード様!! 私はアナタのいう通りにしていれば上手《うま》くいくからと協力したんです。それが……」

ガシッ!!

っと、唾《つば》を飛ばして喚《わめ》くディーン伯爵の顔面をエドワードは鷲掴《わしづか》みにした。

……そして。

「……第四界級魔法、『エアインパクト』」

一切容赦《いっさいようしゃ》なく、その顔面に強力な衝撃波《しょうげきは》を叩きこんだ。

「ごっ……ぷっ⁉」

顔面の穴という穴から血を流し、その場に倒《たお》れ伏《ふ》すディーン伯爵。

「……ああ、なるほど分かったぞ。ミゼットのやつ三十年前も『アンラの渦《うず》』を使ったことに気が付いたな？」

エドワードはディーンなどいなかったかのように、一人で納得《なっとく》して呟いた。

「まあ、仕方ない……僕が直々に迎《むか》え撃《う》つとするか。王家の恥《はじ》を消し去るのも次期国王たる者の務めだからね。幸いここなら、あの混ざりものも刈《か》り取れる」

エドワードはそう言うと、飲みかけていたワインを飲み干して客間から出ていった。

□□□

一通りハンヴィーの上から弾丸をばら撒いて雑兵《ぞうひょう》を片づけたミゼットはハンヴィーから降りると、屋敷の入り口の門を『レイラ三号、あの夏のパイナップル（手投げ爆弾《ばくだん》）』で吹き飛ばす。

「ただいま」

ミゼットは先ほどまで入り口の門だった瓦礫《がれき》を踏《ふ》みしだきながら、優雅に屋敷の中に足を踏み入れた。

広いエントランスをゆっくりと歩いていく。

「……随分《ずいぶん》、雰囲気がちゃうな」

元々は王族の一人としてミゼットに与《あた》えられた土地と屋敷だったため、何度か泊《と》まりはしていたのだが随分と内装が変わっていた。

ミゼットの記憶《きおく》にあるのは飾りや物のないエントランスだが、三十年経《た》った今ではそこかしこに煌《きら》びやかな調度品や高そうな絵画などが飾られている。

階段の手すりに至るまで無駄《むだ》に豪奢《ごうしゃ》な金ぴかの飾りがついているのだから、大したこだわりである。

「ああ、この無駄に富を見せつけるような趣味の悪い内装はエドワードのやつやろうな」

先ほど見た、第一王子の屋敷のエントランスにそっくりであった。


「おいおい、酷《ひど》いことを言うじゃないかミゼット」


余裕と見下しにあふれた男の声が聞こえてきた。

ツカツカと優雅に歩いて現れたのはエドワードである。

「この良さが分からないかねえ。こうしてそこにあるだけで自分と相手のランクの違いを思い知らせる素晴《すば》らしい意匠《いしょう》なのだが」

「それを趣味が悪いゆうとんねん」

「まあ、混ざりものの半分腐《くさ》った脳みそでは、この良さが理解できんか……かわいそうに」

肩《かた》をすくめるエドワード。

「それで、ノコノコとワイの前に出てきたからには、覚悟《かくご》はできてるちゅうことやな？」

「ああ、そうだね」

エドワードはミゼットの強さを十分に知っているはずである。

しかし、余裕を崩《くず》さずに言う。

「あの父上最大の汚点《おてん》が残したハイエルフ家のガンを、この僕自身の手で排除《はいじょ》する覚悟を決め」

パン!!

という乾《かわ》いた音が響いた。

ミゼットが麻袋《あさぶくろ》から取り出した手のひらに収まるサイズの銃《じゅう》を、容赦《ようしゃ》なく発砲したのである。

「……はあ、人が話してる時に。不躾《ぶしつけ》だねえ、優雅さが無いよ優雅さが」

エドワードの腹部を狙《ねら》った弾丸は、命中する直前で止まっていた。

エドワードの前に現れた魔力の壁が、弾丸を受け止めたのである。

しかし、エドワードは魔法を詠唱していない。

魔法名すら言わずに魔法を発動することを完全無詠唱と呼ぶ。理論上可能であるとされるが尋常《じんじょう》ではない精度の魔力コントロールが要求されるために、実際にできる者はまずいない。少なくとも、魔法の国であるエルフォニアにすら一人もいないのである。

であるのに、エドワードが魔法で弾丸を防いだということは、考えられるのは事前に魔法を発動していた場合である。

しかし、ミゼットなら魔法を発動していればさすがに分かる。

ミゼットの目から見て、エドワードは魔法の発動をしていなかった。

そうなると、残る手段は……。

「自動発動術式か……相変わらず狡《ずる》い事前準備だけは得意やな」

「ふん。勝負など戦う前から勝てる状態になってから始めるものだよ。当然だろう？」

自動発動術式は特定の条件で事前に唱えた魔法を使用するという高度な魔法技術である。

事前に詠唱を唱え発動させた魔法に、その魔法が物理現象に影響《えいきょう》を及ぼすのを止めておくのである。

そして、設定した条件になった時に魔法は効果を発動し、物理現象に影響を及ぼすというわけである。

今回ならば「エドワードに攻撃が飛んできたとき」という設定だろう。

条件を満たしたときに、詠唱しておいた魔法が効果を発揮しだすのである。

「自動発動術式は防御魔法を発動し続けることや高速で魔力を練ることに比べて、燃費もええしミスも起きにくい」

「そうとも。まあ、そもそも使用者の魔法が高レベルでなければ意味がないが、僕はハイエルフ家の長男だからね」

そう。エドワードは『魔力血統至上主義』の頂点に君臨するハイエルフ家の長男である。

当然のように魔力量も魔力の出力も最高レベル。魔力量だけならエルフォニア最強の戦士カエサル・ガーフィールドすら凌《しの》ぐ。

リックも第一王子の屋敷で対峙《たいじ》した時にそう表したように、色々と計略を巡《めぐ》らせるので分かりにくいが、エドワードは普通《ふつう》に戦っても強いのである。

「自動発動術式は魔道《まどう》の芸術だよ。まあ、せっかく生まれ持った素晴らしい魔法の才能があるのに、無粋《ぶすい》な物理武器ばかり作る混ざりものの下賤《げせん》な感性では分からないかもだけどねえ」

「……そうかい、安心せえ」

カチャ。

ミゼットは麻袋から武器を取り出した。

基本的な形は先ほどの手のひらサイズの銃と同じなのだが、下部に弾薬《だんやく》を入れる部品が取り付けられており、銃身は約八倍、４１ｃｍ超《ちょう》である。

「今回は魔法使わんで倒したるわ」

ガガガガガガガガガガ!!

という連続の射撃音《しゃげきおん》が響いた。

発射している弾頭《だんとう》のサイズ自体は先ほどの銃と大差が無いものの、分間六百発という凄まじい連射速度でエドワードに襲《おそ》いかかる。

しかし。

「ははは、無駄だよ」

エドワードを守る防御壁《ぼうぎょへき》は、次々に襲いかかる銃弾《じゅうだん》を全て弾《はじ》き飛ばしてしまう。

弾丸を装填する部品八つ分を目一杯《めいっぱい》撃ち込《こ》むと、さすがに予備もなくなったのか銃撃《じゅうげき》が止《や》む。

エドワードは余裕の笑みを浮かべたまま肩をすくめて言う。

「無粋な上に性能まで魔力に劣《おと》るとは、まったく哀《あわ》れだねえ」

「……連続の衝撃《しょうげき》にも耐《た》えるんか。なら次や」

ガシャン。

ミゼットが次に取り出したのは、全長130cmの金属の筒だった。

ドン!!

と、筒の中から時速327kmで射出された弾丸が襲いかかる。

エドワードを守る魔力の壁に着弾《ちゃくだん》。

その衝撃を見事に魔力の壁は受け止めるが、発射されたのは起《き》爆《ばく》性の薬剤《やくざい》をたっぷり詰《つ》め込んだ弾頭である。

ドォン!!

と凄まじい爆発《ばくはつ》が巻き起こった。

凄まじい威力に爆炎がエントランス全体に広がる。

……しかし。

「ははは!!　無駄《むだ》無駄《むだ》無駄《むだ》ぁ!!」

爆炎が晴れると、全く無傷のエドワードは心底愉快《ゆかい》そうにそう言った。

「……次」

ガシャン、と。

ミゼットの麻袋の中から、明らかに袋《ふくろ》の中には入らないであろうサイズのものが飛び出した。

先ほどのものよりも遥《はる》かに大きい鉄の筒であった。

ミゼットが騎士団《きしだん》本部を襲撃《しゅうげき》したときの鉄のネズミについていた、騎士団本部の防壁《ぼうへき》を破壊した大砲《たいほう》である。

「さっきの連射銃の口径が7．6mm。んでこっちは88mm口径ライフル砲や」

そんな詳《くわ》しい数字を説明されなくても、黒光りする全長5mの鉄の塊は、合理的で物理的な殺意に満ち溢《あふ》れた威容《いよう》を誇っていた。

「……ミゼット貴様、相変わらず無粋な物を作るね」

さすがに冷《ひ》や汗《あせ》を流すエドワード。

「時速2880kmの鉄の塊を食《く》らえ」

ズン!!

という発砲音が響いた。

もはや音というよりは空気を叩く重い振動《しんどう》といったほうがいい程の重低音である。

ドゴオオオオオオオオオオオ!!

という凄まじい着弾音が響き、屋敷全体がミシミシと音を立てる。

しかし……。

「くく、はははははは!!」

それでも、エドワードの魔法防御《まほうぼうぎょ》は砕けない。

「やはり無粋な鉄の塊では、この魔法を砕くことはできなかったみたいだねえ」

「ずいぶんと、防御魔法の精度上がったやんけ」

ミゼットの記憶にあるエドワードの防御魔法は、今のを真っ向から受けきるのは無理だったはずである
「……ふふ、それ程でもあるかな」

「いや……ちゃうな。お前の魔法の腕《うで》が上がっただけが理由やないわ。この屋敷自体が術式か」

「ほう……気が付いたか」

魔力察知の感度を最大限に上げるとそれは見えた。

エドワードの体と屋敷全体が魔術的《まじゅってき》に繋《つな》がり、魔力のやり取りをしているのである。

「秘匿《ひとく》術式第二番、『アールマティの礼拝堂』」

エドワードは両手を広げて言う。

「ハイエルフ家の男子のみが習得を許される秘匿術式の中でも、長男のみに伝承される崇《すう》高《こう》な魔法さ。魔術的な装飾《そうしょく》を施《ほどこ》すことで、建築物全体を自らの魔力回路に変換《へんかん》する」

なるほど、それならばミゼットの大砲を防げたのも説明がつく。

巨大な補助装置をつけることでエドワードは、魔力の出力も操作能力も桁違《けたちが》いに跳《は》ね上がっていたということだろう。

「この建物に入った時点で、お前はもう僕の胃袋《いぶくろ》の中というわけさ。『アールマティの礼拝堂』の効果は僕の魔力を増強させるだけじゃない……もう気づいているだろう？」

「……ああ。さっきから鬱陶《うっとう》しい思ってたが、やっぱりお前の仕業《しわざ》か」

それは屋敷に足を踏み入れ、エドワードが目の前に現れてから感じていた。

ミゼットの体から魔力が建物に吸い取られているのである。

ミゼットの持つ魔力自体が膨大《ぼうだい》だからまだ余裕《よゆう》だが、長時間いれば魔力欠乏《まりょくけつぼう》を起こすだろう。

「逃《に》がしはしないよ、混ざりもの。このまま死ぬまで魔力を吸い取ってあげるさ」

エドワードが指をパチンと鳴らすと、ミゼットが入ってくるときに破壊した門の代わりに、白い壁が出現する。

エントランスは完全に封鎖《ふうさ》された空間となった。

「ははははは!!　ミゼット、確かに君が強いのは認めるが、ここに踏み入った時点で勝負ありだったねえ」

建物全体を魔力回路にしてしまうことによる防御魔法の超強化《ちょうきょうか》。さらに、その空間内にいる相手の魔力を吸収し自分のものにするという防御不可能の攻撃。

それこそがハイエルフ王家の誇る、超高等魔法《ちょうこうとうまほう》『アールマティの礼拝堂』の必殺の効果であった。

「……ちっ、お前らしい性格の悪い魔法やな」

舌打ちしたミゼットの顔を見て、エドワードは言う。

「その目……憎《にく》いかいミゼット？　君の母親と彼女《かのじょ》を傷つけた、僕や父上、そしてこの国の根幹である『魔力血統至上主義』が。だがね。正義はどちらにあるか考えてみたまえ」

まるでデキの悪い子供に言い聞かせるように、ゆっくりと。

「混ざりもののお前がどれだけ気に食わなかろうと、この国は魔力血統貴族制によって支えられている。これはまぎれもない事実だ。確かにお前の母親やあのレーサーの少女は苦しい思いをしただろう。だが、国家の安寧《あんねい》と一個人の苦痛では比べるまでもない。彼女たちの存在は国の統治の象徴《しょうちょう》を揺《ゆ》るがすモノだったから、排除せねばならなかった。好きか嫌《きら》いかの問題ではない。国を統治するというのはそういうことさ」

「……」

ミゼットは黙って聞いている。

「この残酷《ざんこく》な判断こそが国を維持《いじ》することであり、我々貴族が大衆どもとは違う特権を持っている意義なのだ」

「……そうかい」

ミゼットは口を開いた。

「演説は終わりか？　いい加減魔力吸われるのも不愉快《ふゆかい》やから、さっさとぶっ飛ばそうと思うんやけど」

「……はぁ。血が半分腐っているから、脳みその性能も低いのかねえ」

エドワードは心底不愉快だと肩をすくめる。

「まあだが状況《じょうきょう》は変わらんさ。ミゼット、お前はこの屋敷に入った時点で詰んでいる」

「……『アールマティの礼拝堂』は確かに強力な魔法やが、一つ大きな弱点があるやろ」

エドワードが眉《まゆ》を顰める。

「なに？」

「建物全体を自分の魔力回路にする性質上、どこに攻撃を打っても攻撃が当たるってことや。つまり、敵の攻撃は躱《かわ》さずに防御魔法で受けきるしかない……やろ？」

「……そういうところを理解できる頭があるなら、さっきの僕の話も理解してもらえると早いんだけどねえ」

先ほどエドワードは、建物の中に入ったミゼットに対して「お前はもう僕の胃袋の中というわけさ」と言ったが、まさにその通りである。

胃袋の中では周囲が壁に囲まれて逃げ場《ば》はないが、逆に周囲の壁のどこを攻撃しても持ち主にダメージが入るのは当然のことだろう。

それは、その通りなのだが……。

「まあ、貫けるものならだけどね」

そう。

そこが問題であった。

疑似的《ぎじてき》に凄《すさ》まじいサイズに増強されたエドワードの防御魔法は、すでにミゼットの戦車《せんしゃ》砲《ほう》を真っ向から防いでしまっている。

しかし、ミゼットは当然のように。

「ああ、そうするわ」

そう言って麻袋から出したのは。

ズドン。

とソレは取り出されただけで床《ゆか》が重みに耐えきれずに沈《しず》み込む音がした。

「……なん、だと？」

先ほどまで余裕の様子だったエドワードが唖《あ》然《ぜん》とする。

現れたのは、砲《ほう》塔《とう》が三つ取り付けられた鉄の塊である。

問題はそのサイズ。

先ほどまでの武器はまだ、武器らしいサイズ感をしていたと言ってもよかった。

しかし、今回のものはもはや一つの建物と言ってもいいほどに単純に馬《ば》鹿《か》デカい。

「超《ちょう》大《おお》型《おおがた》船搭《とう》載《さい》用４５７ｍｍ口径ライフル砲や」

「よ、よんひゃく……」

先ほどの８８ｍｍ砲の五倍以上である。

エドワードは弟の武器開発の異次元さは重々知っているつもりだった。

しかし、これほどまでに巨《きよ》大《だい》なものを作製できるようになっているのは想定外である。

エドワードの頭を恐ろしい想像がよぎる。

もし。

もしも、このいかれたサイズの大砲ですらミゼットの開発した武器の通過点に過ぎないとしたら……。

「ミゼット、貴様は……いったいどこまで先の武器を作っているんだ？」

「さあ？　まあ『存在は知られないほうが世のため』なモノまでは作っとるかな」

ミゼットは平然とそう言ってのけた。

「……さて、攻撃は真正面から受けきるしかないんやったな？」

ミゼットは邪悪な笑みを浮かべる。

「……くっ」

エドワードは眉間《みけん》に皺《しわ》を寄せる。

「待てミゼット。いいか聞け、貴族制は必要なんだ」

「そうかい」

「あのモーガンとかいう男の言う通りに、愚民《ぐみん》どもが自分たちで代表を選ぶ制度を導入してみろ。あっという間に国政に関《かか》わる連中は、国よりも自分たちに票を集めるためにしか動かないクズどもの集まりになるぞ。そうなれば国は腐っていく」

「そうかい」

「僕は、うつけ者のお前が放棄《ほうき》した王族としての責務を全《まっと》うしただけのことだ。それを責任を放棄した側のお前が咎《とが》めるのはおかしいとは思わないのか!?」

エドワードの熱のこもった弁に、ミゼットは。

「……うっさいわ、ボケ」

一言そう言い放った。

「勘違《かんちが》いしとるな。ワイはこの国のあり方を糾弾《きゅうだん》しに来たわけやない……そういうのは、リック君に任せるわ」

そうだ。

ミゼットは馬鹿ではない。むしろ、ブロストンの会話についていけるくらいには知識も教養もある。

エドワードの言うことも当然理解している。

貴族制だからこそ守れる国の形というものもあるのだろう。

だが。

そこじゃない。

「……泣いたんや」

「なに?」

「……オカンが泣いたんや」

今でも瞼《まぶた》の奥《おく》に焼き付いている、母親の今際《いまわ》の際《きわ》の姿。

いつも穏《おだ》やかに全《すべ》てを受け入れていた母親は愛する人が最期の時にそこにいないことに涙《なみだ》を流していた。

それだけでミゼットにとっては十分だった。

イリスのこともそうだ。

本人はもういいと言ったが、ミゼットが自分勝手に許せないと思っているのだ。

そう、これは私闘《しとう》だ。

正当性などどうでもいい。

「ワイは、ご自慢《じまん》の魔法が無粋な物理兵器にぶっ飛ばされて、吠《ほ》え面《づら》かくお前が見たいだけや、このクソボケ」

次の瞬間。


三門の４５７ｍｍ口径ライフル砲が火を噴《ふ》いた。

ドゴオオオオオオオオオオオオオオオオオオオオオオオオオオオオオオオオオオオオオオオ!!

という発砲音はもはや銃声《じゅうせい》が大きくなったものと言うよりは、大規模な火山の噴火《ふんか》と言ったほうがしっくりくるほどの重厚《じゅうこう》な空気の振動であった。

発砲の余波だけで床が抉《えぐ》れ、屋敷のガラスが残らず吹き飛ぶ。

当然、そんなものを真正面から受けざるをえなかったエドワードが無事であるはずもなく、防御魔法《ぼうぎょまほう》ごと屋敷を一直線に破壊しながら吹っ飛んでいく。

あまりに恐ろしい破壊力《はかいりょく》。

たった一度の砲撃《ほうげき》で屋敷は半壊した。

これだけ形を崩されればもはや、魔術的な意味を成す形からは程遠《ほどとお》くなったのか、魔力の吸収は収まっていた。

ミゼットは砲撃によって空いた大穴の中をゆっくりと歩いていく。

「……それにしても、ホンマに強い魔法やな。ちゃんと生きとるし」

「はあ……はあ……」

驚《おどろ》くことにエドワードは五体満足で生きていた。

『アールマティの礼拝堂』の防御力《ぼうぎょりょく》は、あの一撃《いちげき》からも使用者の命を守ったのだ。なるほど、普通の敵が相手なら中に取り込んだ瞬間に勝負ありというところだろう。

しかし、エドワードは全身は血だらけで、足は吹っ飛んではいないが変な方向に曲がっており、どう見ても戦闘不能なのは明らかである。

「……さて」

ミゼットはゆっくりと、動けなくなったエドワードのもとに歩み寄る。

右手をかざすとそこに魔力が集まっていく。

「……なにを、する気、だ」

「お前なら存在だけは知っとるよなエドワード。秘匿術式にはハイエルフ家長男のみが伝承されるものともう一つ、次男または長女のみに伝承されるものがある」

その術式が何なのか、中身をエドワードは知らない。

ミゼットの手に集まった魔力が灰色に変わる。

「秘匿術式第三番『シャフレワルの祈《いの》り』」

灰色の魔力はエドワードに向かって飛んでいき、そのまま体を這《は》うように登って首筋に四角い灰色の紋章《もんしょう》を刻みつけた。

すぐさま、その効果に気が付いたエドワードは目を見開く。

「……これは、僕の魔力が⁉」

「これは、初代国王が、自分が暴走した時のために開発し弟に託《たく》した魔法《まほう》。使用されたハイエルフ王家の血を引く者の魔力を百年間封印《ふういん》する魔法や。お前には一番の罰《ばつ》やろ？」

「貴様ああああああああああああああああああああ!!」

「少しは、持たざる者の気持ちを理解するんやな」

ガン、と。

怒《いか》りの形相で叫《さけ》ぶエドワードを、ミゼットは取り出した銃の柄《え》の部分で殴《なぐ》って気絶させた。

「……ふう」

エドワードの左手に浮《う》かんでいた『アンラの渦』の紋章が消える。

「あとは、リック君だけやろな。アリスレートの方は、アイツに目をつけられた時点で結果は見えとるようなもんやし」

様々な武器を開発してきたが、今のところあの少女より危険な兵器は知らないミゼットである。

そんなことを思いつつ、用事はすんだとその場を去ろうとした時。

――その声は……ミゼットか?

ふと、屋敷の一つの部屋から声が聞こえた。

そちらの方に行ってみると。

そこには数名の兵士に守られた老いたエルフが、白いベッドの上に寝《ね》ていた。

「……オヤジか」

エルフォニア王国、国王グレアム・ハイエルフ。

ミゼットの父親である。

第七分割《ぶんかつ》領の警備が厳重になっていたのはこれが理由だった。

この屋敷は現在体調不良のため政務を休んでいる国王の秘密の療養所《りょうようしょ》になっていたのである。

ミゼットの姿を見た兵士たちは武器を構えるが。

「……よい。控《ひか》えておれ」

グレアム国王はそう言って兵士たちを下がらせた。

そして、ミゼットをじっと見て言う。

「久しいな……ミゼット。お前は変わらんなあ」

穏やかな声でそう言った。

その声には、かつて顔を合わせるたびに自分に苦言を呈《てい》していた時の、国王然とした張りつめたものはなく。

「……アンタは、だいぶ老《ふ》けたな」

グレアムの見た目はミゼットの記憶にある三十年前のものと比べて、明らかに老いていた。

元々エルフ族としては体つきはしっかりしており、魔力量も豊富だったため年齢《ねんれい》の割には若々しかったはずのグレアムは、三十年で顔にはいくつもの皺が刻まれ、その目から生気は失われていた。

人間にとっては三十年は長い時間だが、エルフにとって、特に魔力量の多いエルフにとってはそれほど長い時間ではない。実際、ミゼットの見た目は三十代からほとんど変わっていないのだ。

だからこそ、グレアムのこの老け込みようはかなり異常ともいえるものだった。

「そうだな。ワタシはもう疲《つか》れたのだ……」

そこから、グレアムは自分のこれまでのことを語り出した。

「ハイエルフ家の長男として生をうけたワタシは、生まれた時からこの国を運営する責務があった。だがな、国を一つ統治するというのは大変なことなのだ、少なくともワタシは向いていなかった。自分の間違《まちが》いで先祖たちが繋いできた国を傾《かたむ》かせてしまうかもしれないという、プレッシャーが苦しくて仕方なかった」

苦しそうな声で語るグレアム。

生まれながらに国を背負う宿命を負った一人の男の、膨大すぎる苦悩《くのう》が滲《にじ》みだしているようだった。

「そんな中で出会ったのがカタリナだった」

ミゼットの母親であるその名前を口にしたとき、少しではあるがグレアムの苦しそうな表情が和《やわ》らいだ気がした。

「カタリナは儀式《ぎしき》に使う装飾品《そうしょくひん》を作製するドワーフの職人の家で働いていた使用人でな。ワタシがエルフォニア国王だと知っても、まったく態度を変えなかった。『きっとお辛《つら》いでしょう。ここにいるときくらいは王様じゃなくてええんですよ？』といつも言ってくれた。ワタシにとって国王として装飾品の製作を視察に行くときに彼女と会う時間だけが、心休まる時間だった。政略上の理由で結婚《けっこん》した妻たちには決して理解されなかったものをカタリナは受け入れてくれた」

グレアムの話をミゼットは黙って聞いている。

「だから、彼女に『自分の妻になって欲《ほ》しい』と頼《たの》んだ。年に数回だけではない、側にいてワタシの居場所になって欲しいと。きっと王宮では冷遇《れいぐう》されるだろうし、血統主義貴族の王として表立ってそんなお前を守ってやることはできない。辛い思いをすると思う。そう説明したのだが、カタリナは笑顔《えがお》で受け入れてくれた。『ほんと、ほっとけない人やなあ』と。そして、それ以降、公務の合間を見つけてカタリナのいる離《はな》れに行くだけがワタシを支えてくれた」

「……そうか。あの離れは」

ミゼットは母親が住んでいた王宮の離れを思い出す。

まるで他《ほか》の者たちから隠《かく》すように王の間からしか行けない場所に用意されたカタリナの住処《すみか》。それをミゼットはカタリナという存在が体面上、存在しないことにしたいからだと思っていた。

だがそれは、半分の意味だけだったのだ。

もう半分は王族や貴族たちからカタリナを守るため、そしてなにより、カタリナとの時間を誰《だれ》かに邪魔《じゃま》されないためのものだった。

「だが、カタリナは死んでしまった。あの、ワタシがワタシであれる唯一《ゆいいつ》の時間を失ってしまった時、自分の中で何かが壊《こわ》れる音がしたのだ。日に日に心にひずみは蓄積《ちくせき》し、ミゼット、お前がいなくなって四年程《ほど》経った時、ワタシは全てがどうでもよくなってしまった」

グレアムは呟《つぶや》くような声で言う。

「……本当に、どうでもよくなってしまったのだ」

「オヤジ……」

その弱々しい姿は、エルフの寿命《じゅみょう》という数百年にも及《およ》ぶ長い長い年月の間、一国を背負うにはあまりにも脆《もろ》かった一人の男の末路だった。

「ミゼット……」

「なんや？」

「すまなかった。王という立場に縛《しば》られてお前にも母親にも。ワタシは何もすることができなかった」


グレアムはそう言って深々と頭を下げた。

国王が平身低頭して謝罪するという事態に、警護の兵士たちは呆然《ぼうぜん》としている。

「……」

ミゼットは母親の今際の際の言葉を思い出していた。

細くなった腕、血の気を失った顔。

元々は恰幅《かっぷく》が良く体温の温かかった母親のカタリナは、見る影《かげ》もなくなっていた。

だが、そんな状態でありながら母親は弱々しい声で言うのだ。

『ねえ、ミゼット。私のことを庇《かば》わなかったからって、あの人のことは……恨《うら》まんといてあげてな。本当は弱い人やから』

でも、と母親は涙を流しながらも笑顔で続けたのだ。

『私は、そんな弱さが、愛《いと》しかった。支えてあげたいって思った。だから、うん、ちゃんと分かってるんよ。あの人が愛してくれてることは。ごめんなあ……もうちょっと長く支えてあげたかったんやけどなあ……』

（ああ……そうやな。ホンマにここにはただ弱い男が一人いるだけや。オカンも物好きやでほんまに）

「すまん……すまなかった……」

何度も何度も、謝罪の言葉を口にするグレアム。

「阿呆《あほう》が」

それに対しミゼットは手に持った銃を向ける。

兵士たちが身構えるが。

「まあ、オカンに免《めん》じて風穴は空けんといてやるわ……こんな弱ったジジイぶっ飛ばしても、なんかちゃうしな」

ミゼットは銃を下ろした。

「代わりに、さっさと王位から下りてオカンの墓参りに行け、ええな？」

グレアムがカタリナの葬式《そうしき》にも墓参りにも行けなかったのは、血統貴族の王という立場があったからだ。

あくまでよそ者の妻は気まぐれで手を出しただけの存在。思い入れなどありはしないという態度を見せなければ他の貴族から反感を招く。

だから血統貴族の象徴である王を辞《や》めれば。

隠居《いんきょ》した元国王がどこかの誰かの墓参りに行くくらいなら、貴族たちの反感も薄《うす》くなる。

ミゼットがそう言うと、グレアムは遠くを眺《なが》めて。

「……ああ、そうだな。うん、それはいい」

深々と頷《うなず》いたのだった。

「ふん……」

ミゼットは用事はすんだと、背を向けて歩き出した。

その背に、グレアムは言う。

「ありがとう……ミゼット。ワタシの息子《むすこ》よ」

「四十年遅《おそ》いわボケ。せいぜい無駄《むだ》に長生きして、オカンに会えない時間を長く苦しむんやな」

ミゼットが外に出ると、すっかり夜が明けていた。

『エルフォニアグランプリ』本戦開始まであと三時間。

残る『アンラの渦《うず》』の発動権限の持ち主は一人。

第三話　本戦開始前

いよいよ『エルフォニアグランプリ』本戦開始の時間が迫《せま》ってきた。

天気はあいにくの曇《くも》りだったが、朝から多くの観客が詰めかけ会場は賑《にぎ》わっていた。

どうやら昨夜、ハイエルフ王家の管理する屋敷《やしき》に襲撃があったらしいが、そのくらいのことでは中止にならず超満員御礼《ちょうまんいんおんれい》という辺りが『エルフォニアグランプリ』の国民の関心と注目度の高さを表している。

「……だからこそ、ここで皆《みな》に情報を発信できれば、この国は変えられる」

『シルヴィアワークス』のスタッフたちを見ながら、フレイアの父、モーガン・ライザーベルトはそう呟いた。

娘《むすめ》のフレイアの夢が『エルフォニアグランプリ』での優勝であるように、モーガン自身にもこの大会にかける目的がある。

それが国民議会のＰＲである。

国民が選挙で票を入れて代表を選出する議会を作ること。モーガンはそのためにこれまで動いてきた。

あとは三日後に選挙を行うだけ。

しかし、貴族たちの画策により投票率が８０％までいかなければ選挙は無効、国民議会の設置もなかったことになるという状況である。

だが国民たちの選挙に対する関心は高いとは言えない。

長年続いた『魔力《まりょく》血統至上主義』によって、国民たちは、政治はお偉《えら》いさんがやるものだという意識が根付いてしまっているからである。この意識を、この大会を通して変える。

自分や娘のような、生まれつき魔力的素質が低く他の種族と変わらぬ寿命しか持たないエルフたちにも、平等に自分の可能性を追求する権利はあるのだと。

（そのためにはフレイアに勝ってもらわなくてはならない。だが……）

モーガンはフレイアの方に目を向ける。

フレイアは予備の部品を入れた箱に座《すわ》ったまま、愛機の『ディアエーデルワイス』を触《さわ》っていた。

その表情は複雑なものだった。

少なくとも昨日よりは明るくなっている。リックとミゼットの友人だという男が現れ治《ち》療《りょう》してくれたため、体の方の怪我《けが》と不調は全快とはいかないがほとんど回復している。

しかし。

「どうだフレイア。ボートの方は？」

「……」

フレイアは言葉にはせずに首を横に振《ふ》った。

「そうか。まだ駄目《だめ》か」

第一王子の策略によってかけられた『アンラの渦』という魔法。

それによって、フレイアの愛機は現在魔力の調整が利《き》きにくくなっている。もしこのままレースをスタートしてもまともに戦うのは厳しいだろう。

リックたちが今動いてくれているみたいだが。

(間に合わなかったか……)

レースが始まるまで残り一時間を切った。

モーガンは娘に再度確認《かくにん》する。

「フレイア、いいのか？　その状態の機体に乗るのは危険だぞ」

モーガンは国民議会設立という目的は大事ではあるが、それ以前に娘を愛する一人の父親だ。

できれば無理はせずに、今回は棄権《きけん》して欲しいという思いもある。

「いくよ、あたしは」

しかし、愛娘《まなむすめ》は前に向かうと決意する。

「そうか……」

ならば止められないなと、モーガンは思う。

愛するということは鳥かごの中に飼い殺すことではない。本人の意思が赴《おもむ》くままに飛び立つことを、後押《あとお》ししてあげることこそが本物の愛情だと思うから。

「なら、頑張《がんば》ってくるんだよ」

「うん」

フレイアが少しぎこちない笑顔を作ってそう言った時。

「出場選手の皆さん。チェックを始めます」

大会係員がフレイアを呼びに来た。

いよいよ、本戦が始まる。

□□□

検査の最中、審判員《しんぱんいん》がフレイアに言う。

「先日、お怪我をされたようですが完治してますね。何か特殊《とくしゅ》な薬物や魔法を使ったりは？」

フレイアは出走前のチェックで大怪我が完全に治っていることに疑問を持たれた。

「ううん。凄《すご》く腕のいいお医者さんが治してくれただけだよ」

実際その通りで、嘘偽《うそいつわ》りなど全く言ってはいないのだが。

「……いやしかし」

審判員がフレイアの体に手を当てて、魔力の流れを確認している検査員の方を見る。

「はい、確かに。異常はありません。それどころか昨日怪我をしたとは思えないくらい経《けい》絡《らく》の流れも安定しています」

「ね？」

「……うむ。なるほど。検査結果が出たならそうなのでしょうな。では、異常なしと」

フレイアの後は機体もチェックされたが、そちらの方も『異常なし』と判定された。

（……ずるい魔法だなあ）

フレイアは内心そんなことを思う。

第一王子のかけた呪《のろ》いは、実際に動かさないと異常が分からないし、異常の出たパーツを全部取《と》り換《か》えても異常が直らないのだ。

「サポートレーサーの方は、機体だけですか？　一応チェックはしますが。搭乗者《とうじょうしゃ》の方は？」

「ええと、トラブルがあって来られないみたいで」

「そうですか。サポートレーサー無しでは、少々不利ですが……健闘《けんとう》を祈ります。フレイア・ライザーベルト選手」

検査が一通り終わると、選手たちは出走するために自らの機体と共にピットに向かう。

そこで、フレイアはある人物とすれ違《ちが》った。

「あっ」

スレンダーな肢体《したい》、風になびく金色の髪《かみ》。

この世のものではないかのような神秘的な雰囲気《ふんいき》。

エルフォニア王国第二王女にして、マジックボートレースの『完全女王』エリザベス・ハイエルフである。

「こ。こんにちは」

ペコリと頭を下げる。

普段《ふだん》は人見知りなど自分の辞書にはないと言わんばかりのフレイアだが、少々緊張《きんちょう》した。

フレイアが最も憧《あこが》れるレーサーは初の魔力障害者チャンピオン、イリス・エーデルワイスである。しかし、それに継《つ》ぐ憧れの存在がエリザベスだった。

自分が生まれる前に引退してしまっていたから走り自体は見たことがなかったが、それでも数々の伝説と記録は聞き及んでいたし、先日見せた走りはまさに伝説の住人にふさわしいものだった。

一人のレーサーとして畏敬《いけい》の念を抱《いだ》かずにはいられないのだ。

「……」

エリザベスは挨拶《あいさつ》をするフレイアの方を黙《だま》ってじっと見ていた。

「えっと、その……」

気まずくなって、フレイアが何か言おうとしたとき。

「アナタは、その機体を乗りこなせるのね」

凛《りん》とした、透《す》き通るような声でエリザベスがそう言った。

「え、はい」

「その機体が使えたのは二人だけ。アナタとイリス・エーデルワイスだけ……」

エリザベスは無機質な声に少しだけ期待の感情を込《こ》めて言う。

「アナタは追い付いてきてくれるの？」

「……」

紅《あか》い目に真っすぐに見つめられるフレイア。

今言われた言葉が何を意味するのか、そして自分がどんな期待を持たれているのかは一人の競技者として分かった。

「うん。追い付いてみせるよ。あたしはそのためにここにいるから」

「……そう、でも、機体がよくない状態みたいだけど」

「分かるんですか？」

「なんとなくね」

検査員ですら気づかず、あのリックですら触って魔力の流れを確かめてみないと分からなかった『ディアエーデルワイス』の異常を見ただけで感じとってしまうとは。

これだけでも、エリザベスが尋常《じんじょう》ではない乗り手だということが分かる。

「たぶん、上の兄がまた余計なことをしたんでしょうね。残念だわ」

そう呟いたエリザベスにフレイアは言う。

「それでも、何とかする。今までもそうだったんだから」

「……そう。ちょっと似てるかもしれないわね」

エリザベスはそう言い残して先に出走前控室《ひかえしつ》に向かった。

「……何とかするんだ」

フレイアもゆっくりとまた、後に続いて歩き出す。

出走開始まで、あと二十分。

□□□

「ふぁふぁふぁ、もう本戦が始まるころだねえ」

金色五芒星《ゴールデンペンタグラム》の一人、風魔法王ウィング・アルバートは一人ほくそ笑《え》んでいた。

ウィングがいるのは貴族街から100km離れたエルフォニア王家所有の施設《しせつ》である。

彼《かれ》の魔法『アトモスフィアジャンパー』は大気に流れる魔力の流れ（これを霊脈《れいみゃく》という）を利用して、自由自在に転移する魔法である。

とはいえ本当にどこにでもいつでも移動できる万能《ばんのう》な魔法というわけではない。

霊脈の流れに乗った時に、どこで流れから降りるかのポイントを設置しておかなくてはならないのである。

このポイントは『アールマティの礼拝堂』程《ほど》ではないが中規模の魔術施設《まじゅつしせつ》であり、一つ作るのに一年以上はかかるという、非常に手間と金のかかる代物《しろもの》なのだ。

しかし、ウィングは上司であるエドワードの支援《しえん》のもとに、エルフォニア王国各地のエドワードと自分の所有施設に計三十二か所のポイントを設置していた。

それによって、ウィングはエルフォニア国内の端《はし》から端まで自由自在に瞬間《しゅんかん》移動が可能になっているのだ。

仮に、今自分が隠れている場所が見つかったとしても、その時はすぐに別のポイントにワープすればいい。

確かにあの中年の人間はイカレたレベルの高い戦闘《せんとう》能力を持っているが、ウィングが本気で逃《に》げようとすれば逃げられない相手は存在しないのである。

「……それにしても、ぐっ。あの男容赦《ようしゃ》なく握《にぎ》りつぶして来ましたねえ。いてててて」

ウィングはリックに握りつぶされた腕《うで》に自分で治癒《ちゆ》魔法《まほう》をかけつつ、そう言った。

完全に骨まで握りつぶされている。恐《おそ》ろしい怪力《かいりき》である。

「これだから蛮族《ばんぞく》は……」

「そうか、それはすまなかったな」

入口の方から声が聞こえてきた。

現れたのは鍛《きた》え上げられた肉体の中年の人間族。

リックとかいう、『魔力血統至上主義』に唾《つば》を吐《は》く不届きものである。

「ったく運が無い。これだけ捜《さが》し回ってようやく見つかったぞ」

リックはそう言って、ウィングの方に向けて歩いてくる。

その戦闘能力の異常さは、先ほどの戦いで嫌《いや》というほど分からされた。今この場で戦いになったら一瞬《いっしゅん》でやられるだろう。

しかし。

「ふん……お前は、唯一《ゆいいつ》僕《ぼく》を取られるチャンスを逃《のが》したよお」

ウィングの目的は自分の右頬《ほお》に刻まれた『アンラの渦』の発動権限を『エルフォニアグランプリ』本戦の間守ること。

よって。

「君は僕《ぼく》に気づかれないように不意打ちするべきだったんだ。なぜなら……僕はいくらでも逃げられちゃうからねぇ」

そうニヤニヤとした顔で笑うウィング。

すぐさま魔力を全身に巡《めぐ》らせ、転移魔法の準備をする。

しかし、当のリックは。

「……」

こちらの方を見て、ただ静かに睨《にら》んでくる。

なんだ。これからせっかく苦労して見つけた獲物《えもの》が遠くに行ってしまうというのに。

そう、ウィングを捕《つか》まえることなど不可能なのだ。

エルフォニア国内の端から端まで三十二か所にも及ぶ移動可能な施設に自由に一瞬で転移できるのだから、それこそ国一つを一撃で破壊《はかい》できる攻撃《こうげき》でもない限りは。

しかし。

いざ、転移しようとしてウィングはようやくそのことに気がつく。

（……ばかな!!　移動できるポイントが……無い!!）

三十二か所あるはずの、霊脈の流れが遅くなっているポイントを一つとして感じないのだ。

「……まったく、運が悪いな。ホントに最後まで外すなんて。三十二分の一だぞ」

そう呟いたのはリックだった。

「……最後？」

「ああ、この施設が最後だ。他の三十一か所の施設は全部壊した」

「そんな!!　い、いったいどうやって……」

「走って回った」

「走っ……た……？」

　当然だと言わんばかりにそんなことを言ってくるリックに唖然《あぜん》とするウィング。

「……馬鹿《ばか》な!!　まさか一晩中、ずっと走って回ってたというのか!?　国中を？　術式として利用している建物を破壊しながら!?」

　確かに『エルフォニア』はそれ程国土は大きい国ではないが、それでも一応国と言えるくらいには広さがある。

「そうだ。まあ、さすがにちょっと疲れたかな」

「だったら息ぐらい乱せよぉ!!　なんなんだ、お前はぁ!!」

「元事務員の冒険者《ぼうけんしゃ》だ」

　一言、そう言うとリックは拳《こぶし》を握った。

「お前ら血統貴族様たちとは真逆の、出遅《でおく》れで魔力の才能の無い、人よりもちょっと頑張っただけの持たざる者さ」

「くそがあああああああああああああああああああああああああああああああああああああ!!」

遠方へ転移できない以上、ウィングは今からこの男と戦わなければならない。

一応この施設の周囲であれば、ある程度は自由に転移して戦えるがそれが大した時間稼《かせ》ぎにもならないことをウィングは痛感していた。

□□□

「各選手。ピットまで移動してください」

係員のその言葉とともに、出走前控室にいた本戦参加レーサーが移動を開始する。

「……行かなきゃ」

フレイアもゆっくりと立ち上がって、自分の愛機を載《の》せた台車を引きながらピットへ向かう。

ピットに着くと愛機である『ディアエーデルワイス』を台から下ろして水面に浮かべる。

そして再度のボディチェック。

確認が済んだらボートに乗り込む。

トン、という木材でできたボートの上に乗り込む音と共に、水に機体が少し沈《しず》み込む。

こうして乗っていると、いつもと何も変わらない感触《かんしょく》なのに、この機体が今異常をきたしているというのは不思議な感じだ。

あとは、スタートの時を待つばかり。

「……ふう」

フレイアは息をつく。

ようやくの憧れた舞台《ぶたい》だ。

普段ならきっと楽しみで心臓がバクバクするところだったのだろうが、こんな状況《じょうきょう》だとそこまで能天気にはなれなかった。

できればベストな状態でこの日を迎《むか》えたかったなと思う。

全員が準備ができたのを確認した係員が合図を出し、フラッグを持った審判《しんぱん》に告げる。

審判が頷く。

そしてフラッグを振り上げた。

それを合図にピットを飛び出していく十九のボートたち。

最初は加速スタートのための準備走行である。

スタートの時間に合わせて、なるべく加速をつけてギリギリのタイミングでスタートラインを越《こ》えられるように、調整をするのだ。

本戦に残ってきたレーサーたちは、落ち着いた様子でゆっくりと助走区間を走行していく。

この間にアナウンスが各出走者をアナウンスする。

『第一コース、1番、『ライアットボートクラブ』、操縦者ダドリー・ライアット、機体名『ノブレススピア』』

次々にコースや操縦者や機体名が読み上げられていく。

サポートレーサーを含《ふく》め、二十機が出走しているが、そんな中、やはり一番の注目はこの機体とレーサーだった。

『第九コース、32番、エルフォニア王族ボート開発部門『ハイエンド』、操縦者エリザベス・ハイエルフ、機体名『グレートブラッド』』

ワアアアアアアアアアアアアアアアアアアアアア!!

と紹介《しょうかい》されただけで歓声《かんせい》が上がった。

十年ぶりに復帰した『完全女王』エリザベスと最強最高級の機体『グレートブラッド』。

この究極の組み合わせに観客が求めているのは優勝ですらない。そんなものは順当にいけばまず間違いなく達成されるだろう。

観客たち、特に血統貴族の観客たちが望むのはコースレコードの更新《こうしん》である。

魔力血統に優《すぐ》れた貴族たちの強さの象徴《しょうちょう》でもあるマジックボートレースにおいて、最高の記録を持つ者の座が三十年間イリス・エーデルワイスという魔力障害の少女に居座《いすわ》られているという現状を少々快く思っていない者は少なくはない。

しかし、そのイリスの出したタイムというのがあまりにも桁違《けたちが》い過ぎて、これまでどうにもならなかったのだ。

そんな状況を、今日こそはこの血統貴族の集大成ともいうべき、レーサーと機体が破ってくれるかもしれない。そう期待せずにはいられなかった。

一方、だからこそ平民たちの期待はこの少女と機体に向く。

『第十八コース、19番、『シルヴィアワークス』、操縦者フレイア・ライザーベルト、機体名『ディアエーデルワイス』』

オオオオオオオオオオオオオオオオオオオオオ‼

と、こちらも観客たちは歓声を上げる。

魔力障害を持ち、乗っているのはイリスと同じ『ディアエーデルワイス』。

そんな少女が『エルフォニアグランプリ』の決勝の舞台にいるのだ。

貴族たちが自分たちの象徴であるエリザベスに期待するように、平民たちも自分たちの象徴であるフレイアに期待を寄せていた。

実力的にも文句なし。

予選通過タイムは二位。『完全女王』に大きく離されてはいるが、事故はあったものの追加で走った一周で見せた走りはさらなる成長を感じさせるものだった。

もしかしたら『完全女王』を破ることもあるかもしれない、と思わずにはいられない。

しかし。

——なんか動きがふらついてない？

——もしかしたら、昨日の事故の影響かもしれないな。

どうも、フレイアはスタート前の速度調節が上手《うま》くいっていないようだった。

元々『ディアエーデルワイス』は速度調整が難しいため、加速スタートは苦手なのだが、今回はいつも以上に位置取りに手間取っているように見える。

（……これは参ったなあ）

フレイアは操縦桿《そうじゅうかん》を握りながら、苦い顔をしていた。

普段はボートに乗っていると楽しくて自然と笑いがこぼれてくるのだが、今回ばかりはその余裕《よゆう》はなかった。

『アンラの渦』による出力調整の乱れが思ったよりも遥《はる》かに大きい。

減速しようと魔力を弱めても出力は全然落ちなかったり、かと思えば少し魔力を入れただけで一気に出力が上がったりする。

『ディアエーデルワイス』は元々普通《ふつう》に乗りこなすだけでもかなり困難なボートだ。

その上、こんな制御《せいぎょ》不能状態となると一周走り切ることすらできるかどうか……少なくともレースどころではない。

（でも……なんとかしなくちゃ、なんとか……!!）

だが、そんなフレイアの事情とは関係なく。

『スタートまで、10……9……8……』


アナウンスによるカウントが開始された。

各ボートが勢いよく加速を始める。

(くっ……今はこうするしか)

フレイアはスタートラインから30mも後方に控《ひか》えた。

これで残り二秒からスタートすればフライングになることは無いだろう。

――おいおい、大丈夫《だいじょうぶ》かよフレイア。

――いくら調子が悪くても消極的過ぎないか?

観客たちの言っていることなどフレイアも重々分かっている。

しかし、速度の調整が利かない以上はこうするしかないのだ。

フライングのペナルティは十五秒間の停止。

入着や完走が目的ならばそれもいいだろうが、優勝をしなくてはならない状況では致命《ちめい》的《てき》過ぎる。


『……7……6』

だから、こうするしかないのだ。

……こうするしか。

その時。

ふっ、っと。

フレイアのボートに巣くっていた何かが消えた感じがした。

（……これって⁉）

フレイアはすぐに察した。

ああ、本当に何とかしてくれたんだ。リックが。

相手はあのハイエルフ王家、この国そのものと言っていいほど強大なものだというのに。

（すごいなあ、リックくんは）

サポートトレーサーとしては間に合わなかったが、しっかりと自分をサポートしてくれた。

昨日の夜病院でリックに言われたことを思い出す。

『俺《おれ》も今の生き方選ぶときに散々自分勝手したからなあ。まあ、悔《く》いが残らないように生きるのが一番だと思うぜ。それに明日は俺がいるからな。思い切って自分勝手やりゃいいさ』

なんて頼《たの》もしい味方だ。

ここまでしてもらったんだ。その助力に応《こた》えなければカッコ悪い。

フレイアは操縦桿を強く握ると、一気に魔力を込める。

ゴオ!!

っと『ディアエーデルワイス』の六つの魔《ま》石《せき》式加速装置が音を立てて、機体を加速させる。

『5……4……3……』

後方から一気に距離《きょり》を詰《つ》める『ディアエーデルワイス』。

スタートラインに近づくにつれて、どんどん他《ほか》の機体との差は縮まっていき。

『……2……1……スタート!!』

スタートの合図とほぼ同時に、最高速に近い速度でスタートラインを切った。
『エルフォニアグランプリ』本戦スタート。
少女の戦いが始まる。

第四話　挑戦者《ちょうせんしゃ》の旅路

『エルフォニアグランプリ』の本戦が始まった。

意外にもスタートと共に先頭で抜《ぬ》け出したのはフレイアだった。

出走前は色々あったが、フレイアはなんとここにきてこれまでの生涯《しょうがい》で最高のスタートを切った。

それはフレイアの技術というよりは偶然《ぐうぜん》によって発生したものである。

『アンラの渦』が解除されたタイミングでフレイアは少しでも他の機体との差を詰めるために目一杯《めいっぱい》出力を上げた。それがたまたま今日の『ディアエーデルワイス』にとって丁度最高速でスタートと同時にスタートラインを駆《か》け抜けられるタイミングだったのである。

そして『ディアエーデルワイス』の最高速度は全機体中最高。

当然、集団を抜けてホームストレートを先頭で走り抜ける。

ワアア!!

と、観客たちから歓声が上がる。

さっそく優勝を期待される新星がその力を存分に見せ、トップに立ったのだ。

「……よし、行ける!!」

フレイアはそう声を上げて、さらに姿勢を低くし加速していく。

開いていく後方の機体との差。

そして、差し掛《か》かった最初のターン。

フレイアはタイミングを見計らって、減速を始める。

そのままターンをしようとするが。

（……思ったより、速度が落ちてない？）

大怪我《おおけが》からの本来ならあり得ない早さでの回復、機体の乱れていた魔力の修復。

これらの出来事で、フレイアと『ディアエーデルワイス』のバランスが微妙《びみょう》に変わっていたのだ。

それ自体はむしろ普段よりも出力が出ているといういいズレなのだが、残念なことにその「いいズレ」に走り方を慣らす機会などあるはずもなかった。

「ぐっ……!!」

フレイアはコースアウトギリギリまで大きく膨《ふく》らんでしまう。

普通の機体なら、ちょっと減速をミスしたところでさすがにここまでは大きく膨らむことはない。

だが、フレイアの機体は『ディアエーデルワイス』。フレイアの操縦技術が高いため忘れそうになるが、ほとんどの人間が諦《あきら》めるほど圧倒的《あっとうてき》な操縦の難しい暴れ馬である。

そして、そんなフレイアのミスを逃すはずのない者が一人いる。


——来たぞ!! 『完全女王』だ!!


観客たちからそんな声が上がる。

フレイアが大周りをしている間に、二番手につけていたエリザベスがターンポイントに入ってきた。

エリザベスは無言で淡々《たんたん》と、ターンをきめる。

そして当たり前のようにロスをしたフレイアを抜き去り、一位に躍《おど》り出た。

「……すごい」

ただ一回、ターンをしただけだったが。それを見たフレイアは思わずそんな言葉を呟《つぶや》いた。

最短、最速、最高効率、そして天地がひっくり返ってもミスはしないだろうと思わせるほどの安定感。

なんの種も仕掛《しか》けもない普通のターンに、エリザベス・ハイエルフというレーサーの凄みが凝縮《ぎょうしゅく》されていた。

なにせ、たった一回のターンで後続との差が見え始めるのだ。

明らかに一人だけ技術のレベルが違う。

「……だけど、あたしは勝つ!!」

フレイアは大きく膨らみながらも、『ディアエーデルワイス』の加速力を活《い》かし猛追《もうつい》する。

凄《すさ》まじい加速力と最高速。

なにせフレイアは、レーサーの中でも飛びぬけて小柄《こがら》で体重が軽い。加えて最高の加速性能を誇《ほこ》る魔石式の『ディアエーデルワイス』だ。

間違《まちが》いなく今大会最速……いや、歴代でも界綴《かいてい》強化魔法《まほう》を発動した時のイリスを除けば最高の直線速度と言っていいだろう。

エリザベスとの差が少しずつ詰まっていく。

……が。

（……差が、思ったよりも詰まらない!?　相手はターン型の機体のはずなのに）

フレイアの方が速度は出ている。それは間違いない。

むしろ、今日は加速装置の調子がいい。スタートの時と同じく、これまでで最高の出力が出ている。

で、ありながら前を行くエリザベスとの差が少しずつしか縮まらないのである。

エリザベスのボートの形は曲がりやすいように大きめに作られたターン型。本来直線は速くないはずだ。しかし、明らかに直線型の機体と同じレベルの直線速度を実現している。

「……これが『グレートブラッド』!!」

ハイエルフ王家の財力で強引《ごういん》に作り上げた最強のボート『グレートブラッド』。

作り自体は最先端のターン型ボートなのだが、素材に『ガレオゲイナ』という同質量のプラチナに匹敵《ひってき》する超軽量《ちょうけいりょう》希少木材を100%使用することで、直線でも直線特化型に引けを取らないという、存在自体が反則のような機体である。

結局、フレイアは追い越し返すまではいかずに、連続カーブへ差しかかってしまった。

そして当然、カーブは高い安定性を誇る『グレートブラッド』の独擅場《どくせんじょう》である。

ほとんどスピードを落とさず、凄まじいほどの滑《なめ》らかさでカーブを進んでいくエリザベスと『グレートブラッド』。

一方、ほんの僅《わず》かに遅《おく》れてコーナーに入ったフレイアは。

(……なんとか、なんとかついていかなきゃ)

そう考え必死に食《く》らいついていく。

『完全女王』はミスをしない。

そんな彼女《かのじょ》が機体の総合能力でぶっちぎりのNO.1である『グレートブラッド』を操《あやつ》っている以上は、一度離《はな》されれば逆転の可能性は限りなく薄《うす》い。

しかし、その気持ちが焦《あせ》りを生んだのか。

「しまっ……!!」

フレイア本日二度目の減速ミス。

今度は膨らむのを恐れすぎてベストのタイミングより早く減速してしまった。

フレイアのミスの分開く、エリザベスとの差。

だが、それよりも最悪の事態が起きた。

フレイアは後方からやってきた五機のボートの集団に飲《の》み込まれた。

それ自体は、よくあることだ。

地力はフレイアのほうが彼らよりは上なのだから、リカバリーして抜け出せばいい。

しかし。

「悪く思うなよ……お嬢《じょう》ちゃん」

集団にいたレーサーの一人、ダドリー・ライアットが小さくそう呟いた。

次の瞬間。

集団を抜け出そうとしたフレイアの前を絶妙《ぜつみょう》なタイミングで、ダドリーともう一人のレーサーが蓋《ふた》をした。

「!?」

とっさに魔力《まりょく》の注入を緩《ゆる》めるフレイア。

しかし、少し勢い余って前のボートにぶつかってしまう。

ゴン!!

という木材同士がぶつかる低い音が響《ひび》く。

幸い『ディアエーデルワイス』に破損は無かったが、事態は芳《かんば》しくなかった。

大会の裏にある政治的な動きについてなど考えなくても、一流のレーサーであるフレイアには分かってしまった。

今の動きは明らかにこちらの動きを押さえ込もうとしていた。

いや、この集団のレーサー全員が自分の動きを押さえるために動いているのだ。

□□□

「悪く思うなよ……お嬢ちゃん」

二位集団を形成するレーサーの一人、ベテランレーサーのダドリーはそう呟いた。

現在、ダドリーは試合前にエドワードに指示された通り、フレイアの走行を外から見れば意図的に見えない範囲《はんい》で妨害《ぼうがい》していた。

ダドリーはチームが違《ちが》うためエリザベスのサポートレーサーというわけではない。

しかし、先日の予選の後すぐにあの悪魔《あくま》のような第一王子から「どうせ、今年はエリザベスには勝てないだろ？　協力したらその機体『ノブレススピア』は君に譲《ゆず》ろうじゃないか。『グレートブラッド』程ではないが『ガレオゲイナ』を多く使った素晴《すば》らしい機体だよ」と言われたのだ。

確かに全《すべ》てごもっともである。

今年エリザベスに勝つのは無理だろう。

それならば、今年は大人しく従って来年この『ノブレススピア』を完全に乗りこなせるようになってから、再び『エルフォニアグランプリ』に臨む方が賢《かしこ》い判断だ。

なにより、あの第一王子に無理に反発して睨まれたら碌《ろく》なことにならないだろう。

二位集団を形成するフレイアを除いた他の四名も、恐らく同じ経緯《けいい》でエドワードに協力を持ちかけられた者たちだろう。

（……だけどまあ、俺たちが妨害なんかしなくても結果は変わらないだろうしな）

ダドリーはそんなことを思う。

自分のやっていることを正当化するためではなく、フレイアとエリザベスの実力を客観的に見たうえでだ。

本人も一流のレーサーであるダドリーには、実際に両者が走っているところを見れば分かってしまう。

結論から言って……勝負にならない。

フレイア・ライザーベルトは魔力以外においては天性のセンスを持つ素晴らしいレーサーだ。その実力は疑いようもない。

しかし、相手はあの『完全女王』。

いや、まだ『完全女王』とまともに勝負できるのであれば、対抗《たいこう》しえたかもしれない。

ダドリーはそれほどにフレイアというレーサーの腕を評価している。

だが、あの『グレートブラッド』というふざけた機体が、その可能性をすり潰《つぶ》してしまっている。

化け物レーサーを化け物機体に乗せたら勝てるわけもない。

正直、ダドリーとて『エルフォニアグランプリ』に何度も出場している一流のレーサーであり、そこに誇りがある。

(戦えるものなら、俺も戦いたいんだがなあ)

だが、一流であるからこそエリザベスには勝てないと分かってしまうのだ。

「……まあ、お嬢ちゃんも大人しくしときなって」

ダドリーはフレイアにそう言うが。

「っく!!」

フレイアは左右に動いてなんとか包囲を抜け出そうとする。

「……お嬢ちゃん」

フレイアにだって自分とエリザベスの実力差は分かっているだろう。

それでも少女は足掻《あが》き続ける。

本当はありもしないかもしれない勝利の可能性を求めて。

「……若さってやつかな」

自分も昔はアレくらい諦めが悪かった時期があったかもしれないと思う。

実際ダドリーも、優勝を目指して走りたくないかと言われれば、そうしたい気持ちはある。

ふと、フレイアに道を譲ってやろうかという思いが頭をよぎった。

（まあ、だが……これもおっさんなりの戦いさ）

あの少女とその父親は今年の大会にかけるものがあるのだろう。だがダドリーからすれば、チャンスはこれから何年もある。

来年、再来年、勝てる機会を探せばいい。

もしかしたらあの女王は今年でまたレースから身を引くことだってあるかもしれない。

いつか勝てばいいのだ。いつか。

そんなことを思いながら、ダドリーはその一流の技術を駆使《くし》して、他四人のレーサーと共にフレイア動きを封《ふう》じるのだった。

□□□

（……くっ、ダメだ。包囲網《ほういもう》が破れない!!）

すでにスタートしてから五周目。

フレイアは何度も二位集団からの脱出《だっしゅつ》を試みたが、全て失敗していた。

まあ、フレイアを囲んでいるレーサーたちはそれはそれで『エルフォニアグランプリ』で二位集団を形成できるような一流たちである。

そもそも操作性の低い『ディアエーデルワイス』で彼《かれ》らのブロックを抜けるのは厳しいのだ。

（なんとか……なんとかしなくちゃ……）

気持ちがはやる。

こうしている間にも先頭を行くエリザベスとの距離は開いていく。

現状でもかなり厳しい遅れだが、これ以上開くようなことがあれば挽回《ばんかい》は不可能になってしまう。

しかし。

……やっぱり、ダメだ。

五周目もどうにかして隙《すき》を探したが、本気で進路をふさぎに来ている五人の一流レーサーがそんなものを作るはずがない。

そしてそのままホームストレートに突入《とつにゅう》。

フレイアが逆転不可能と見た分の差が開いてしまう。

……かに思ったその時。

『出走します。20番。『シルヴィアワークス』、操縦者リック・グラディアートル、機体名

「セキトバ・マッハ三号」』


会場にアナウンスが響き渡《わた》った。

ザバアアアアアン!!

と、大型の海洋生物が着水したかのような豪快《ごうかい》な水しぶきが上がる。

そして……。

「よお、フレイアちゃん。遅《おそ》くなってすまんな」

「リッくん!!」

頼もしい、あまりにも頼もしいサポートレーサーが現れたのだった。

□□□

サバアアアアアン!!

という豪快な水しぶきが上がる音を聞いたとき、ダドリーの額を冷たい汗《あせ》が流れた。

(……ま、まさか)

そして、背後から。

キコキコキコキコキコキコキコ。

と高速でペダルを回す音が聞こえた時、その悪い予感が的中したことを理解した。

「いやあ、途中《とちゅう》出走はルール違反《いはん》じゃないみたいで助かったわ」

「やっぱり貴様かあああああああああああああああ⁉」

あの忌《い》まわしい足漕《あしこ》ぎボートの人間族が、集団の並走する位置につけてきていた。

この男は登録上、自分たちが妨害しているフレイアのサポートレーサーである。

そして、メインレーサーの走路が塞《ふさ》がれていた時にサポートレーサーがやることなど決まっている。

「まあ、お前らにもそれぞれ事情はあると思うんだよな。だから恨《うら》みつらみは言わないけど、その代わり容赦《ようしゃ》もしない。お互《たが》い様《さま》だろ？」

リックがそう言うと、ダドリーを含めフレイアを囲んでいたレーサーたちの顔が青ざめる。

彼らも予選でのこの男とこの男の機体のイカレ散らかした走りは知っている。

１６０ｋｇを超《こ》える本人の重量、軽量化する気の欠片《かけら》もない金属補強された元輸送用ボート。

こうしてホームストレートを並走しているだけで、こちらの水面が普段《ふだん》の何倍も波打っ

ているのだ。

こんなものが集団に突《つ》っ込《こ》んできたらどうなるかなど、考えるまでもない。

「さて、道を開けてもらうか。ウチのメインレーサーのためにな……おらよっ!!」

リックが並走していた状態から一気に集団にボートを寄せる。

それだけで、重量を極限まで削《けず》って高速で走行しているレースボートにとっては横合いから大波が押《お》し寄せてきたようなものである。

「おおおおおおおおおおおおおおおおおおおおおおおおおおおおおおおおおおおおお!?」

ダドリーや二位集団の選手たちの船が凄まじく暴れる。

当然ながら機体ごと自分が吹《ふ》っ飛んでいかないように踏《ふ》ん張るのに精いっぱいで、フレイアをブロックうんぬんなどと言っていられる場合ではない。

その隙に。

「いけ、フレイアちゃん!!」

「……うん!!」

フレイアはデカデカと空いた集団の間を、真っすぐに抜け出した。

「くっ……!!　行かせんぞ」

包囲をしていたボートのうちダドリー以外の四機が、フレイアを追いかけようとするが。

「おっと、そうはいかないぞ」

ゴツン、と『セキトバ・マッハ三号』に軽く小突《こづ》かれる。

リックとしては軽く小突いたつもりなのだろうが、普通のレーシングボートからすればもやはただの追突《ついとつ》事故である。

「ぐおおおおおおおおおおおおおおおおおおお!!」

「ぐああああああああああああああああああ!?」

「うわああああああああああああああああ!!」

「きゃあああああああああああああああああああああ!!」

四機ともまとめて吹っ飛ばされ、無残に転覆《てんぷく》した。

「……ひぇ」

ダドリーの口から思わずそんな悲鳴のようなものがこぼれる。

大人と子供なんてレベルではない、赤子と巨象くらいのパワーの差である。

「あれ？　なんだよ、もう少し体幹鍛《きた》えたほうがいいぞお前ら」

リックは吹っ飛んでいったレーサーたちのほうを見ながらそんなことを言う。

「……くっ」

ダドリーは少しの間どうすればいいか考えていたが。

（……はあ、俺はここまでか）

諦めてため息をついた。

たぶんこの化け物のブロックを自分が抜けるのは無理だろう。

仮に何とかリックの妨害を抜けたとしても、残っているのは自分のみ。あの少女の動きを押さえるには心もとない。

「こうなったら、素直《すなお》に応援《おうえん》でもするかね……」

ダドリーは前方に目をやった。

そこには小さな少女がさらにその先を走る『完全女王』を追いかける姿があった。

初めは魔力障害持ちの平民の癖《くせ》に、などと思っていたダドリーだが正直に言えば今ではフレイアのことを一人の競技者としてリスペクトしている。

その技術も、レースにかける情熱も、なによりどんな状況《じょうきょう》でも勝とうとあがく挑戦者としての姿を。

同じレーサーとして、そしてベテランになり昔ほどあそこまで必死になれなくなった一人のエルフとして、眩《まぶ》しい姿だと思う。

（うん。俺が言えたことじゃないけど、頑張《がんば》れよお嬢ちゃん）

そんなことを思っていると。

「……応援したくなるよな。フレイアみたいな子はさ」

少し先を走っているリックがそんなことを言ってきた。

「挑戦《ちょうせん》する人の姿は、いつだって人を熱くさせる。その道に困難が立ちふさがれば立ちふさがるほど、その姿は眩しく輝《かがや》く。そういうの見るとさ、『俺もあんな風に熱く生きたい』って思っちまうよな」

「そうかもな」

ダドリーは返事をしつつも眉《まゆ》を顰《ひそ》めた。

レース中に対戦相手である自分に話しかけて、いったい何がしたいんだ？

しかし、リックの口から思いもよらぬ言葉が出る。

「……だから、アンタも挑戦してきたらどうだ？」

「え？」

「目を見れば分かるよ。アンタは挑戦者の目をしてる。ホントはさ、心の底ではこの最高の舞《ぶ》台《たい》で妨害役なんかせずに目一杯走ってみたいんだろ？」

「それは……」

確かにそれは否定できないダドリーの本心だった。

今は『エルフォニアグランプリ』の決勝。マジックボートレーサーとしての一年の集大成。

敵は二十年ぶりに復活した最強の女王と常識破りの無謀《むぼう》なる超新星《ちょうしんせい》、しかしこちらも体調は万全《ばんぜん》、機体もこれまでで最高のものを使っている。

試《ため》してみたい。

ダドリー・ライアットというレーサーがどこまで通じるのかを。

「どのみち、もう包囲作戦は崩壊《ほうかい》してる。それなら、素直に一位を狙《ねら》ったほうがアンタらの黒幕の目的にもあってるだろうしな」

そう言うとリックは、横に動いてダドリーの前を開けた。

「ほら、行って来いよ。一人のレーサーとして。小賢《こざか》しいこととか考えずにさ」

「……なぜ、そこまでしてくれるんだ？　フレイアが勝つ可能性を少しでも高くするなら、このまま俺には沈《しず》んでもらったほうがいいだろ」

「ああ、まあ、そうなんだけどな」

リックは少しバツが悪そうに言う。

「応援したくなるんだよ。挑戦者はさ。俺も無謀な挑戦してる人間だから」

「……そうか、お人好《ひとよ》しだなお前は」

ダドリーはそう言うと、ハンドルに魔力を一気に注《そそ》ぎ込みボートを加速させた。

□□□

（……追い付け、追い付け、追い付け!!）

フレイアは多少のリスクは無視してギリギリのコースを攻《せ》めながら進んでいた。

『完全女王』に追い付くにはこうするしかない。

それでも現実的に詰められる距離かと言われれば微妙なところであるが、それでもやるしかないのだ。

もっともっと最短を。

もっともっとギリギリを。

いつコースアウトしてもおかしくないような走りをフレイアは断行する。

その成果もあってか、少しずつだが『完全女王』との距離は縮まっていく。

（……いや、おかしい）

そこでフレイアはあることに気が付いた。

いくらなんでも、差が簡単に詰まりすぎだ。

まだ、追いかけ始めてから一周と少しで、もう目の前まで迫《せま》っているのだ。

そして、フレイアが包囲を抜けて追いかけだしてから丁度一周分の距離を走った時、とうとうフレイアはエリザベスの横に並んだ。

「……ようやく来たわね」

そう、エリザベスは速度を緩めて待っていたのだ。

「どうして……?」

フレイアの疑問に。

「三十年前のようなケチはつけたくないですから」

エリザベスは淡々とした声でそう答えた。

「アナタは彼女に似ている……アナタならまた見せてくれるかもしれない。あの時の……最後に見せた美しい走りを」

エリザベスは操縦桿《そうじゅうかん》に魔力を込め直し、スピードを最高速に戻《もど》す。

「さあ、戦いましょう?」

赤い瞳《ひとみ》が真っすぐにフレイアの方を見つめる。

「……うん。そうだね。勝負だ。あたしが勝つよ」

フレイアも真っすぐにエリザベスを見つめ返す。

「小娘《こむすめ》だけで盛り上がってんじゃねえぞおおおおおおおおおおおおおおおおおおおおおおおおおおおおおおお!!」


さらにそこに、後方から迫るボートが一機。

『ノブレススピア』とダドリー・ライアットである。

「……あのおじさんも来たんだ」

フレイアはその姿を見てそう呟いた。

「彼はいいレーサーですからね」

エリザベスはダドリーをそう評した。

実際フレイアとしても安定感のある上手《うま》い走りをするレーサーだな、と印象に残っていた。

色々と雑念があるのかベストな走りができていなかったようだが、少なくともフレイアの評価では、エリザベスを除けば一番地力のある選手である。

油断していい相手ではない。
三機は僅《わず》かな差で第八周目に突入。

今回の『エルフォニアグランプリ』は色々なことがあった。
陰謀《いんぼう》と計略、かなえたい夢に将来への打算。
だが、それはすでに過ぎ去った。
ここからは本当の真っ向勝負。
エリザベス・ハイエルフ。
フレイア・ライザーベルト。
ダドリー・ライアット。
三名のマジックボートレーサーとしての実力のぶつかり合いが今始まる。

第五話　実力勝負の行きつく先

『エルフォニアグランプリ』本戦は、丁度真ん中の八周目で三名の先頭集団を形成した。

ダドリー・ライアット。

フレイア・ライザーベルト。

そして『完全女王』エリザベス・ハイエルフ。

優勝候補はこの三人に絞《しぼ》られた。

三名は二位以下を大きく突き放《はな》し、コースを駆けていく。

三人とも技術は間違いなく一流。

一周完走できるだけで上級者と言われる『エルフォニアグランプリ』のコース『ゴールデンロード』を難なく駆けていく。

ギリギリのコーナーワーク、目を見張る直線での加速、豪快なターン。

吹き上がる水しぶきと共に、観客たちはその技術と速さに声援《せいえん》をあげる。

これぞマジックボートレース。

エルフォニア国民たちの愛する水上最速の競技。

その世界の最前線を、今、三人は駆けている。

……だが、一流の中にも力の差はある。

最初に遅れ始めたのはベテランレーサー、ダドリー・ライアットだった。

□□□

(……くそ、マジではええよコイツら)

ダドリーはハンドルを操作しながら内心そんなことを思った。

少し前を行く二人の女。

彼女たちとの距離《きょり》が少しずつ離れていく。

理由は色々ある。

フレイアはあの伝説の機体『ディアエーデルワイス』を乗りこなし、直線速度に圧倒的というレベルのアドバンテージがある。エリザベスに関しては『グレートブラッド』という、ダドリーの機体の上位互換《ごかん》ともいうべき機体を使っている。

だが、それよりもなによりも単純な理由。

二人は自分よりも操縦技術が高いのである。

ダドリーの操縦技術も一級品だ。それは間違いない。

しかし、それはあくまで普通《ふつう》に操縦技術を高めていった延長線上にある領域だ。

人は例外なく、自らが本気で信じこんだレベルまでしか強くなることができない。

だからダドリーは、その常識的な速さの中で速くなるしかない。

だが、フレイアとエリザベスは違う。

ダドリーのような真っ当な人間が想像した速さの限界値のさらに上、真っ当な人間ならば嘲笑《ちょうしょう》するような常識を超えた速さを本気で目指して生きてきたのだと伝わってくる。

そして正気とは思えないほど全てをレースに捧《ささ》げて、その常識破りを実現したのだろう。

だから、自分との差は明確だった。

「だけどよ……!!　普通な奴《やつ》には普通な奴なりの意地ってのがあるんだよ!!」

ダドリーは『ありったけの常識的な技術』と『普通のレーサーとしての長年の経験』を総動員して、二人の化け物に食らいついていく。

それでも徐々《じょじょ》に離されていく。

だが、足掻く。

それでも離されていく。

それでも足掻く。

しかし、それでも離されていく。

結局、ダドリーがまともに勝負と呼べる走りができたのは二周だけだった。

三周目に入るころには、もはや二人は遥《はる》か前方。

「……そりゃそうだわな。アイツらは、俺《おれ》よりも遥かに濃密《のうみつ》に全てを捧げて走ってきたんだからよ」

本当に簡単な話だ。

彼女たちのほうが自分よりも努力している。

負けた理由としてこんなに分かりやすいものはないだろう。

それでも。

「二周か……」

それだけだったが、そんなとんでもない連中に全力で挑《いど》むことができた。

そのことだけは本当に良かったと思う。

自分はよく分からない計略の一部などではなく、レーサーとして真っ向から戦うことができたのだから。

俺はダドリー・ライアット。マジックボートレーサーだ。

それだけは胸を張って言える。

このレースが終わったら、レースに負けた時だけは優《やさ》しく愚痴《ぐち》を聞いてくれる妻に言うのだ。

アイツらは凄《すご》いレーサーだ。ほんとやってらんねえよ。と。

「ちくしょう、今度は六周くらいは粘《ねば》りてえなあ」

いずれは彼女たちに勝ちたいと願うなら、次こそは勝つと思わなければならないだろうが、ダドリーは素直にそう思った。

そんな自分のどこまでも凡人《ぼんじん》なところに自然と苦笑《くしよう》が漏《も》れるのだった。

□□□

フレイアは一瞬《いっしゅんふ》振り返って、ダドリーがついてこなくなったのを確認《かくにん》した。

（……これで、『完全女王』と完全な一対一）

「彼のような、平凡《へいぼん》でも息の長い戦いもまた強さという所ですかね」

エリザベスはそう呟《つぶや》いた。

「ですが、ワタシが真に美しいと感じたのは究極の一瞬。三十年前『イリス・エーデルワイス』が見せた、あの走り」

エリザベルは無機質な中に、隠《かく》し切れない熱っぽさを持ってそう言った。

「……でも、アナタはまだ、その域に達していない。どうしてですか？　どうすればまたアレを見せてくれるんですか？」

エリザベスの紅《あか》い瞳が爛々《らんらん》と輝く。

フレイアはそれを見て感じた。

『完全女王』はかつて戦った最高のライバルの幻影《げんえい》に取りつかれているのだと。

三十年前に一度だけ戦ったその存在にもう一度会いたくて会いたくてしかたないのだろう。


「早く見せてくれないと……ちぎってしまいますよ？」


ゾワリ、と。

狂気《きょうき》を込めた瞳にフレイアの身の毛がよだつ。

近くを走っていれば分かる。

ここまではエリザベスにとっては手抜《てぬ》きではないが、様子見の『安全運転』。

レースは競《せ》れば競るほどリスクを大きくとって勝ちに行くものだ。

だから……いよいよ来る。

『完全女王』の「勝ちに来る走り」が。

エリザベスがハンドルに魔力を込めて、ボートのスピードを上げた。

「!?」

フレイアは驚愕《きょうがく》に目を見開く。

驚《おどろ》いた理由はあまりにも単純で、もうすぐターンポイントだったからである。

当然だがターンポイントに入るときは、どんな機体のどんな曲がり方であっても減速をするものだ。

このタイミングで加速しながら突っ込んでいけば、まともに曲がることはできない。

（……まさか、アタシと同じ『超《ちょう》ワイドターン』？）

ワイドターンとは、速度をあまり落とさず大きく膨《ふく》らみながらターンすることである。

当然ながらそんなことをすれば凄《すさ》まじい遠回りになるのだが、代わりに勢いをあまり殺さないまま大外から浅い角度で次のターンに侵入《しんにゅう》できるという利点がある。

三十年前に『エルフォニアグランプリ』でイリス・エーデルワイスが使用したターンで、『ディアエーデルワイス』との相性《あいしょう》が良く、フレイアもこのターン方式を採用していた。

（でも、『超ワイドターン』は直線での飛びぬけた最高速があってこそ。『グレートブラッド』とはあまり相性がよくない気が……）

そんなことを思っていると……。

ギュンっと。

エリザベスはほとんどターンの直前まで最高速のままでターンを曲がり切ってしまった。

「なっ……!?」

驚愕しつつも、フレイアはいつも通り『超ワイドターン』で勢いよく大外を回る。

しかし、当然両者の曲がり方の効率の差は歴然である。

というか、エリザベスのターン技術が異常すぎた。

次のターンポイントに入るころには、両者の間の開きは先ほどよりも大きくなっていた。

「……これは、イリス・エーデルワイスが最後に見せた走りのターンを再現したもの。これでもまだ本物には及《およ》ばない。一度しか見られなかったことが本当に悔《く》やまれます」

遠く及ばないと言いつつも、十分すぎるほどに異常なターンである。

なぜあの速度であの旋回《せんかい》半径を実現できるのか、観客たちからすれば魔《ま》法《ほう》にしか見えないだろう。

再びターンポイント。

エリザベスは再び加速しながらターンポイントに突入する。

そして、当然のように高速でターンを成功させる。

かつての荒々《あらあら》しいライバルの走法をマネして、どう見てもギリギリのギリギリ……どころか本来なら完全にアウトな走行をしながらも、無慈悲《むじひ》なまでに危なっかしさを欠片も感じさせないところは実に『完全女王』らしい。

再び広がる両者の差。


――ああ、やっぱり、『完全女王』の方が……。


観客たちの声が聞こえる。

フレイアはそんな観客の声に自分でも納得《なっとく》せざるをえなかった。

初めから分かっていたことではある。

実力を比べてしまったら、エリザベスは自分よりも明らかに上なのだ。

……少なくとも現時点では。

「……だからって諦《あきら》めてなんかやらない」

フレイアの瞳に修羅《しゆら》が宿る。

負けられない。

父親のために、間違《まちが》って生まれたと言われた自分の存在意義を証明するために。

この競技で一番になる。

自分はそのために生きてきた。

「今実力が劣《おと》っているなら……今追い付けばいい」

フレイアはエリザベスのすぐ後ろにつけると、獲物《えもの》を狙う猛禽類《もうきんるい》のような瞳でエリザベスの一挙手一投足を観察する。

エリザベスは先ほどと同じようにターン。

そしてフレイアは。


——おい!!　操作ミスしてないか!?


観客からそんな声が上がった。

フレイアは大外には膨らまずに、そのままエリザベスと全く同じコース取りでターンに入ってきたのである。

エリザベスは当然、今までのように曲がり切った。

しかし、すぐ後を続くフレイアはどうするつもりなのか？

彼女《かのじょ》の機体はターン性能最悪の『ディアエーデルワイス』である。

しかし。

「はあ!!」

気合いの一声と共に、フレイアはエリザベスとほとんど同じ軌道《きどう》でターンを曲がった。

「……!!」

驚きに目を見開くエリザベス。

「やっぱり、全く同じようにとはいかないね」

同じ軌道といっても完全に同じ軌道というわけではなく、フレイアのほうが僅《わず》かに膨らんでいるし、減速のタイミングもフレイアのほうが早い。

だがそれは、十分にエリザベスと同じターンと言っていい代物《しろもの》であった。

「次はもっと……」

そう呟くフレイアに。

「……なぜ、ワタシしか使えないイリスのターンを？」

エリザベスはそう聞いてくる。

「目の前にいいお手本があるからね」

「それだけで……」

「ターンだけは昔から得意なんだよね」

「なるほど……魔力《まりょく》的な素質はともかく、ボート乗りとしては天性の感覚を持っているようですね」

エリザベスはフレイアのことをそう評した。

考えてみれば、そもそも長身で体重のあるイリスが乗ることを想定して作られた『ディアエーデルワイス』を小さな体で乗りこなしているのだ。

それだけで十分におかしいことをしている。

水を捉《とら》える感覚が上手いレーサーには体重や筋力の割合に対してターン能力が高い者がいる。その中でもこの少女はその割合が極端《きょくたん》に高いのだろう。

本来なら横に吹っ飛んでいくはずの『ディアエーデルワイス』を、まるで普通の機体のように乗りこなしてターンを決めるというのも、この少女ならではだろう。

それはエリザベスにも、そしてイリスにも無かったフレイアだけの才能である。

「あたしは、このレース中にまだ速くなるしまだ上手くなるよ。勝ちたいって思いだけは絶対にアナタに負けないんだから」

「……」

エリザベスは少し沈黙《ちんもく》していたが。

「その諦めの悪そうな目、いいですね。ちょっと近づきました」

そう言って嬉《うれ》しそうに少しだけ口元を緩《ゆる》めた。

「ワタシの技術、見たければいくらでも見てください。そしてまた、あの日の走りをワタシに見せてください」

□□□

いよいよ『エルフォニアグランプリ』本戦も終盤《しゅうばん》に入った。

現在十一周目。

フレイアは依然《いぜん》として、エリザベスを追走する。

両者の間には明確な実力差がある。

そのため、コースを回るごとに段々とエリザベスとの差が開いていくのだが。

——おい、フレイアがちょっとずつ速くなってねえか？

そんな声が観客から聞こえてくる。

その言葉通り、離《はな》されていってはいるのだが離される距離が少しずつ縮んでいるのである。

「……もっと、もっと削れる」

フレイアはレースの中で自らの走法を最適化させていた。

もっと無駄《むだ》なく、もっと効率的に。

それはまるで、レースという研磨機《けんまき》の中で、自らの走法を磨《みが》き上げ最小の形に削り取っていくかのような。

どちらかと言えば荒々しい走法だったフレイアは、今や『完全女王』に匹敵《ひってき》するほどの無駄の無い走りを見せていた。

幸い目の前の見本は、効率的な走りの教科書とも言っていい存在である。

フレイアは最高の見本をもとに凄まじい勢いで成長していく。

その成長はフレイア・ライザーベルトという少女が持つ、レーサーとしての天性のセンスの賜物《たまもの》……というだけではない。

才能だけでは、本番でここまで急激に成長しない。ただの天才ならば、レースの中ではなくはじめから成長できるところまで成長している。

この急速な成長はひとえに、フレイアの『エルフォニアグランプリ』に対する果てなき憧《あこが》れがもたらしたものだ。

フレイアは物心ついたときから、『エルフォニアグランプリ』での優勝に憧れていた。

実際に本戦のコースである『ゴールデンロード』を走れる機会は無かったが、自分だったらどう走るかということを何度も何度もイメージトレーニングしてきた。

『ゴールデンロード』の色んな区間を想定して似たコースを走って練習してきた。

そういう憧れたがゆえの積み重ねが、今、実際にコースを走りながら繋《つな》がっていく。

そんなフレイアに対し、先頭を行くエリザベスは。

「もっと、まだ足りないわ。もっと成長して……!!」

自分の持ちうる技術をこれでもかと見せつける。

最高効率の直線姿勢、最高効率のコーナリング、最高効率のターン。

『完全女王』を『完全』たらしめる最高の技術たち。

フレイアはそれらを乾《かわ》いたスポンジのように吸収していく。

「まだ、まだ。まだまだまだまだ削れる」

こうして究極の手本を目の前に出されると、今までどれだけ自分が無駄の多い走りをしてきたのかが分かる。

この動きもいらない。

この減速もいらない。

もっともっと、計測できない百分の一秒を呆《あき》れるほどに積み上げて、コンマ一秒を削るのだ。

そして、とうとう。

「……完成した」

十二周目の半ばに差し掛《か》かったところでフレイアはそう確信する。

ようやくたどり着いた。

これが『ゴールデンロード』における、『ディアエーデルワイス』の最高効率の走り。

「……行くよ」

フレイアがコースを駆《か》ける。

最高効率の直線、全く無駄の無いコーナリング、最高精度のターン。

暴れ馬の『ディアエーデルワイス』を完全に制御《せいぎょ》しきった芸術的な走りがそこにあった。

――すげえ。『完全女王』を相手に全然離されなくなった。

観客がそう言った。

フレイアの技術は今、サンプルである『完全女王』に並んだと言っていい。

……だが。

だがしかし。

（……詰《つ》まらない。差が、どうしてもっ）

前を行くエリザベスの背中は近づかない。

いやそれどころか、ほんのちょっとずつ離されていた。

技術のレベルは並んだはずなのだ。

機体の性能としても、超暴れ馬《ちょうあばうま》の『ディアエーデルワイス』を完全に乗りこなしたことで、究極の機体『グレートブラッド』とも遜色《そんしょく》ないボートとしての力を発揮している。

では、残る差は何か？

それは大前提の話であった。

生まれ持った魔力量の差。

マジックボートレースにおける、もっとも重要であり同時にもっとも生まれによって差がついてしまう要素である。

速さそのものの問題は、『ディアエーデルワイス』とフレイアの天性の水面感覚によって埋《う》まっていた。

しかし、それだけではないのだ。

魔力を大量消費する急激な速度の切り替《か》えができない。

体を守る防御魔法《ぼうぎょまほう》に割《さ》く魔力量を微細《びさい》に調節し続けなければならない。

身体強化に回す魔力がほとんど無いため、素の筋力でボートを操《あやつ》らなければならない。

……他にも他にも、いくつものハンディキャップ。

魔力障害を持つ者はこれらを背負ってレースをしなくてはならない。

（……ああダメだ）

コンマ一秒を突《つ》き詰めて走る以上は、これらのロスがどうしても重くのしかかる。

「至れませんでしたか……アナタは……」

エリザベスはフレイアの方を一瞬だけ振り返ると、残念そうにそう言って加速する。

「くっ!!　まだ……」

フレイアはそれに追いすがるが、もう結果は見えていた。

追い付けない。ほんの少しずつだが確実に離される。

そんな女王の背中を見て。

「……もう、無理かな……」

フレイアは初めて目を伏《ふ》せてそう呟いた。

徹底《てってい》して効率化し、完成形と言っていい走りに至ったからこそ分かるのだ。

才能の差。

初めから分かっていた絶望が、立ちはだかっていた。

フレイアにも優《すぐ》れた水面感覚という素質はあるが、そんなものはもっと大きな魔力量もとい才能に比べれば誤差のようなものである。

(……これ以上削《けず》れない)

無駄を削って、削って、削って、コンマ一秒すら無駄をなくした、フレイアという、ハンデを背負ったレーサーにとっての最善の走法。

それで勝てないのなら……もう……。

そんなことを思った時。

「なあ!!　フレイアちゃん」

ふと。横から声が聞こえた。

いつの間にか隣《となり》にリックが走っていた。

追い付いたのではなく、わざと一周遅《おく》れて並んだのだろう。

「フレイアちゃんはなぜ、レースをやってるんだ？」

「え？」

急にそんなことを聞いてきた。

なんで今そんなことを？

フレイアはそう思った。

しかし、なぜだろう。このリックという大人の言葉は心に響《ひび》いてくる。

「なんで、レースをやっているのか……」

フレイアは言う。

「……勝つために。あたしは『ちゃんと生まれた』んだって証明するために。勝たなくちゃならない」

リックはそれを聞いて首を振る。

「そうじゃない。『なんでレースなのか』だよ。別に親父《おやじ》さんみたいに商売したっていいし、フレイアちゃん見た目いいから舞台《ぶたい》女優とかやってもよかったはずだ。それなのに、なんでレースを選んだんだ？」

「……」

「勝利を求めて、効率的にやるのはいい、コンマ一秒を突き詰めるのもいい。だけど、忘れちゃいけないものがあると思うぞ」

「忘れちゃいけないもの……」

ふと。

初めてマジックボートに乗った時のことを思い出した。

あれは五歳《さい》の頃《ころ》。

母親の残した「ちゃんと産んであげられなくてごめんなさい」という言葉に囚《とら》われて落ち込《こ》んでいた自分に気分転換《てんかん》をさせるために、父親がマジックボートの練習場に連れて行ってくれた。

初めてボートを走らせた感想は『難しい』だった。

だって、すぐにバランスが崩《くず》れるし、自分の手足みたいにすぐ止まろうと思っても止まれないのだ。

案の定、減速をし損《そこ》ねて練習コースに張られた防護用のネットに豪快《ごうかい》に突っ込んだ。

しかし、それが何というか……逆に爽快《そうかい》だった。

自分のようなまともな魔法を使えない人間でも、これに魔力を込めれば吹《ふ》っ飛んで行ってしまうほどすごいスピードで走ることができるのだと。

そうしてフレイアはその日以来、モーガンに頼《たの》んで毎日毎日ボートに乗った。

何度も転覆《てんぷく》したし、何度もネットに突っ込んだ。

それでも、すごいスピードで水面を駆けるのが楽しくてスピードは緩めなかった。

何度転んでも、全然上手くコースを回れなくても、ただボートに乗って水面を駆けるのが楽しかったのだ。


（……ああ、そうか）

自分がレースをやっているのは、母のためでも、父の目的のためでも、自分の存在を示すためでも、金のためでもない。

いや、もちろんそれもあることは間違いないのだが、それらを全《すべ》てひっくるめた根本的な部分はただ一つ。

レースが大好きだから。

高速で水面の上を自由に駆け回る、マジックボートレースが大好きだから。

なぜ、リックの走りにあれほど魅了《みりょう》されたのか分かった。

自由だったのだ、素人《しろうと》である彼《かれ》の走りは。

ボートレースの常識にとらわれない自由な走りが、フレイアには見ていて心底楽しかった。


そのことに気が付いた瞬間《しゅんかん》、一気に視界が開けた。


——ワアッ!!

っという歓声《かんせい》が耳に入ってきた。

年に一度、頂点を決めるレースに興奮する観客たちの声だ。

こんなに今日は観客が入っていたのか。

ずっとコースの中だけを見ていたから気が付かなかった。

そしてそんな中に。

「「「がんばれー!!　フレイアちゃーん!!」」」

フレイアに声援を送る者たちがいた。

彼らは確か、自分のファンクラブだと言ってくれた人たちだ。

皆《みな》、生まれながらの魔力量に恵《めぐ》まれなかったエルフたちだ。

フレイアの強い走りと、可愛《かわい》らしさに魅《み》せられたと言っていた。

彼らが掲《かか》げる横断幕には『俺たちに勇気を!!』。

次にフレイアは関係者席の方を見た。

そこにはモーガンが、父親が座《すわ》ってこちらを見ていた。

「……」

モーガンは黙《だま》ってフレイアの走りを見ている。

その目は自分のことを心配している……しかし同時に、自分の娘《むすめ》は何かやってくれるだろうと信頼《しんらい》している目だった。

みんなみんな、フレイアの走りを楽しみにしてくれている。

（……そうか、あたしこんなことも気づかなくなってたのか）

横を走るリックがもう一度聞いてくる。

「なあ、フレイアちゃんは何のために『マジックボートレース』をやっているんだ？」

「そんなの……そんなの決まってる」

フレイアは今度は迷いなく、心の底から返答をする。

「……すっっっごく、楽しいからだよ!!」


そうだ。

勝利勝利と必死になりすぎて、そのことを忘れていた。

今自分が立っているのは、ずっとずっと憧れ続けた夢の舞台。

ボートレース最大の祭典にして頂点を決める最大のエンターテインメント。

楽しまなくっちゃ、損だ。

フレイアは再びコースに視線を戻《もど》す。

ああ、なんて広い。

さっきまで最短ルートばかり見ていたから気づかなかったが、コースの中はこんなにも広かったんだ。

才能の壁《かべ》？　何をそんなことを。

こんなに自由なら、どうとでもできるに決まっているじゃないか。

「あははははははははははははははははははははははは

ははははははははははははははははは‼」

笑った。

フレイアは『エルフォニアグランプリ』が始まって初めて、心の底から笑った。

「さあ、レースを楽しもう‼」

第六話　天衣無縫《てんいむほう》

エリザベスは背後から聞こえた楽し気な笑い声に振り返った。

フレイアが笑いながらついてきていた。

（……打開策が見つからな過ぎて、とうとうおかしくなったのでしょうか？）

そんなことを思いつつ、ターンに差し掛かったのでエリザベスは減速をしてハンドルを切る。

後方のフレイアも同じように曲がるだろう。

このレース中に、技術を吸収したことは称賛《しょうさん》に値するが、自分と同じことをしていては根本的な才で上回る自分に勝つのは無理だ。

よって勝負は見えている。

そんなことを思っていたのだが。

「あはははははははははははははははははははははははははははは!!」

後方にいたフレイアは、なんと思いっきり加速したままコーナーに突っ込んだ。

それは当然、エリザベスを参考に作り上げた超効率的《ちょうこうりつてき》な最小ターンとは別物で。

（超ワイドターンに戻したのでしょうか……いや、しかし）

エリザベスには分かる。

あの超ワイドターンは失敗だ。

あの少女の優れた水面を捉える感覚をもってしても、ギリギリ遠心力を殺しきれずにコースの壁に激突《げきとつ》する。

今までの走りに戻して無茶《むちゃ》をしようとした結果だろう。

どうにも興覚めの幕引きだ。

などと思っていたら。

フレイアは、遠心力で横滑《よこすべ》りするボートがコースの壁に激突する瞬間。

「よっこい」

なんと手だけはボートに掴《つか》まったまま、ボートの外に飛び出し。

「しょー!!」

両足でコースの壁を思いっきり蹴《け》り飛ばした。

「⁉」

それによりコースの壁に激突しそうだったボートは、ギリギリ慣性を殺しきってコースに戻ってくる。

そしてフレイアも壁を蹴った反動でボートの上に戻ってきた。

「うん‼　曲がれた‼」

楽し気にそんなことを言うフレイア。


――な、なんだ今の曲がり方は⁉


観客からそんな声が上がる。

「……無茶苦茶《むちゃくちゃ》な」

「リッ君に、地面を真っすぐ踏《ふ》む感覚があるって教わったから、できると思ったんだよね‼」

そのリッ君とやらが誰《だれ》かは分からないが、その男もメチャクチャなやつであることは間違いないだろう。

それにしても何という発想だ。

確かに馬に乗っている時などにバランスが崩れかけた時、近くの壁などを手で押《お》してバランスを立て直す技術はある。

しかし、時速100kmで水面を走るボートで同じことをできるかと言われれば話は別だろう。着いた瞬間速さで手や足が後方に持っていかれてしまう。

よほど完璧《かんぺき》なタイミングで上手《うま》く壁を蹴らなければ不可能、さらに言うならボートの動きをギリギリで蹴って殺せるくらいの膨らみに調整しなければならない。

エリザベスなら絶対にやらないし、やろうとも思わないことだった。

だが、これでフレイアはこれまでで一番速い速度を維持《いじ》してターンをしてしまったのは事実。

さらに、ターンの後の直線を走っていて、フレイアの壁蹴《かべけ》りターンのもう一つの利点に気付く。

「加速力が上がってる……」

そう、壁を蹴った反発を利用して通常の超ワイドターンよりも直線で加速しているのだ。

それらの利点を考慮《こうりよ》した上での壁蹴りターンの効率は、なんと僅かではあるがエリザベスのターンを上回っていた。

（……だけど、前提としての弱点があります）

それは丁度いい位置に壁が存在することが前提であるということ。

『ゴールデンロード』に二つある連続ターンポイントの内、今エリザベスたちが走っているところは、左側に観客席が無いため壁が設置されていないのである。

よって壁蹴りは不可能。

そして普通《ふつう》のターンであればエリザベスのほうが速い。

「よいしょお!!」

しかし、何を考えているのかフレイアは今度はターンポイントのかなり手前でボートを豪快に傾《かたむ》け始めた。

確かにそのほうがターンは容易なのだろうが、あまり手前でターン姿勢を取るのは必要以上の水の抵抗《ていこう》を受けてしまう。

要はものすごくスピードのロスが大きいのだ。

一方エリザベスは、今回も最短コースを最高効率で曲がり……。

切ろうと思ったその時。

「!?」

ちょうど先程《さきほど》フレイアがボートを傾けて水を切り始めたことで発生した小さな波が、エリザベスのボートに当たったのである。

リックの『セキトバ・マッハ三号』という例外を除き、極限まで軽量化し高速で走るマジックボートは水面のゆらぎに凄《すさ》まじく弱い。ちょっとした波の上に乗り上げても機体が浮《う》いてしまったりするものだ。

それが、繊細《せんさい》なコントロールを必要とするターンの瞬間に襲《おそ》いかかってくれば『完全女王』といえど対応は難しい。

「……くっ」

暴れる『グレートブラッド』をなんとか押さえつける。

当然ターンは大きく膨《ふく》らみ、最短コースとは程遠《ほどとお》いものになってしまった。

エリザベスの今大会初めてのミス。

（……いや違《ちが》う。いくらなんでもタイミングが完璧すぎる）

今の波はまるでエリザベスが通るルートとタイミングを予測して、ちょうど一番体勢を崩せる位置に置かれているかのようだった。

「まさか……」

「ふふふ、完璧に同じように走るから予測しやすいよ」

フレイアはいたずらが成功した子供のような笑顔《えがお》でそう言った。

そう、フレイアはかなり手前でボートを傾けることで、意図的にエリザベスのターン軌《き》道《どう》に波を送《おく》り込んだのである。

これも、エリザベスは思いつきもしなかった発想だった。

そして、フレイアは。

「ようやく……捕《つか》まえた!!」

並んだ。

先刻のエリザベスに待ってもらったのではなく、自分の力で絶対王者と肩《かた》を並べたのだった。

いや、そこにとどまらなかった。

なぜなら、今度は壁のあるターンポイント。

つまり、フレイアのほうが速い区間だ。

「えいや!!」

フレイアは大きく横滑りしながらも、壁を蹴って逆に勢いをつけて直線に入り込んでくる。

完全にあのデタラメなターンをものにしていた。

そして。

爆発《ばくはつ》するような歓声が観客席から上がった。

――抜《ぬ》いた!!　女王を抜いたぞ!!

フレイアはついにエリザベスを追い抜いたのだ。

□□□

「……そうだ。それでいい」

リックは笑いながらコースを縦横無尽《じゅうおうむじん》に駆けるフレイアの背中を見てそう呟《つぶや》いた。

今日の……いや、元を辿《たど》れば『エルフォニアグランプリ』が始まってからのフレイアは、どこか勝つことに囚われ過ぎていたように感じていた。

確かに勝利を渇望《かつぼう》し徹底的《てっていてき》に突き詰めることは強さになるだろう。

だが。

「フレイアちゃんはそういうタイプじゃないだろうからな」

元々、あの小柄《こがら》な体格で『ディアエーデルワイス』を操るという、常識外れをやってのける少女だ。

どこまでも楽し気に、そして型破りに、縦横無尽にコースを駆ける天衣無縫の走りこそ、この国に来て最初に見た時に衝撃《しょうげき》を受けたフレイアの本来の走りである。

「いけるよ、フレイアちゃん。楽しんで走って、俺《おれ》より一足先に夢を掴《つか》んできな」

□□□

（……追《お》い抜かれた、私が？）
エリザベスは少しの間、呆然《ぼうぜん》としていた。
二人目だ。
エリザベス・ハイエルフにとって本気で走って追い抜かれたのは生涯《しょうがい》で二人目だった。
「ブイ‼」
フレイアはエリザベスの方を振《ふ》り返ると、満面の笑《え》みでピースサインをしてくる。
彼女はレースを心の底から楽しんでいた。
そして……その姿が重なった。
エリザベスの一番輝《かがや》いている記憶《きおく》。
三十年前、最後の一周であの少女が自分に見せた笑顔と重なったのだ。

「ああ……帰ってきたのね……イリス」

そう。

この表情だ。

この走りだ。

常識なんて吹き飛ばして自由に楽しそうにレースを走るその姿こそ、三十年前に決して忘れられぬ一瞬《いっしゅん》をエリザベスに刻《きざ》み込んだものだった。

「待っていたわ。ずっと待っていた」

あのレース以来、誰と走ってもどこを走っても退屈《たいくつ》だった。

ならばイリスの走りを再現して、伝説のワンラップのタイムに挑戦《ちょうせん》しようと思ったがそれも困難だった。

まあ当然だろう。

エリザベスは天才であり王道の能力を持っている。だからこそ、記憶にあるイリスの走りをなぞってみても、圧倒的《あっとうてき》な不利を背負って戦ってきた中で組み上げられた彼女《かのじょ》の技術のほとんどが自分に合わなかった。

そもそも、そんなことはしないで効率的に走るのがエリザベスにとっては一番速いのだから。

もしまだ、イリスが生きていたならばもっと得られるものもあったかもしれないが、それは叶《かな》わぬ話だ。

だから、エリザベスは二十年前にボートを降りた。

きっとこの先も「あの時には及《およ》ばないな」と思いながら走り続けることになるのだから。

心を熱くさせる宿敵を失った女王は、もうレースを続ける理由を失っていた。

……だが。

兄からの頼みと最強の機体に乗れるということで気まぐれに参加した今回の大会で、再びあのライバルに会うことができたのだ。

ならば、こちらも死力を尽《つ》くすのみ!!

「……はあ!!」

エリザベスは気合いの一声と共に最高速でカーブに突入《とつにゅう》する。


そして、本当に最高速を維持したままカーブを曲がり切ってしまった。

驚《おどろ》きに目を見開くフレイア。

元々カーブに強いエリザベスだが、これまではさすがに多少は減速しながら曲がっていたのだ。

「……ふう」

珍《めず》しくターンの後に安堵《あんど》の息を吐《つ》くエリザベス。

「アナタを見習って無茶をしてみました。この速度では無理だと思ってたけど、やってみるものですね」

「……すごい」

フレイアは素直《すなお》にそう思った。

最高効率の走りのその先。

エリザベスはフレイアという強敵を参考にすることで、自らが編み出した理論値を突破《とっぱ》してみせたのである。

「さあ……走りましょう‼　今度は負けないわ‼」

エリザベスは普段《ふだん》の無表情を崩し、子供のような満面の笑みでそう言った。

それを見たフレイアは、なお嬉《うれ》しそうに笑って言う。

「うん‼　一緒《いっしょ》に楽しもうよ‼」

ちょうどその時、レースは十三周目の中間地点に突入した。

泣いても笑ってもあと二周。

フレイア・ライザーベルトとエリザベス・ハイエルフは共に歓喜《かんき》の表情を浮かべたまま加速姿勢を取って、直線に突入するのだった。

□□□

その競《せ》り合いはまさに、一進一退というにふさわしいものだった。

フレイアが小柄な体と『ディアエーデルワイス』の加速力を活《い》かし、凄まじい速度で直線を駆ける。

しかし、究極の機体である『グレートブラッド』はしっかりとその加速についていく。

そしてカーブに入ればトップスピードのコーナリングでフレイアを抜き去る。

もちろん、そのまま黙って前を譲《ゆず》るフレイアではない。

ターンに入れば壁蹴りターンや波をあえて発生させての妨害《ぼうがい》、かと思えば普通に効率的な最小のターンを見せたりと自由自在、変幻自在《へんげんじざい》の動きでエリザベスを翻弄《ほんろう》し逆に抜き返す。


「あはははははは!!」

「ふふふふふふふふふ!!」

二人の楽し気な笑い声がレース場に響く。

まるで幼子が追いかけっこでもしているかのように。

コンマ一秒を争う極限の戦いをしているにもかかわらず、どこまでも楽しそうに二人は最高の舞台の最先端《さいせんたん》を駆けている。

十四周目が終了《しゅうりょう》。

ゴールラインを越《こ》えたのは全くの同時だった。

そして、ラップタイムは3：58：9。

観客たちから本日最大のどよめきが沸《わ》き起こる。

——ついに、入った。俺絶対無理だと思ってたのに。

——ああ、イリス・エーデルワイスしか至れなかった五十八秒の領域だ!!

競《きそ》い合い、共に高め合う二人はレースの中で進化していた。

ここまでくればラストの一周に皆期待してしまう。

『伝説のワンラップ』、破ることは不可能と言われていた3：58：7の更新《こうしん》を。
そんな観客の期待とは裏腹に。
「はあああああああああああああああああああ!!」
「やあああああああああああああああああああ!!」
二人のレーサーは無我夢中《むがむちゆう》でコースを駆《か》ける。
フレイアが抜く、エリザベスが抜き返す、それをまたフレイアが抜き返す。
もっと速く、もっと速く。
最後の勝負、二機がカーブを抜けて最後のホームストレートに入ってくる。
状況《じようきよう》はややエリザベスの先行。
しかしラストは直線。
少しずつフレイアが追い上げてくる。
間に合うか？
観客たちが固唾《かたず》を呑《の》む。
そんな中。
（……ああ、楽しい）
フレイアは心の底からそんなことを思っていた。

少しでも早くゴールにたどり着きたいという思いと、ずっとこのまま走っていたいという矛盾《むじゅん》した思いが、心の中を爽《さわ》やかに吹き抜けていく。

「……諦《あきら》めないでよかった」

フレイアの口からそんな言葉が漏《も》れた。

まだ勝負はついていないが、それでもこんないい気分を味わえるのだから。

恵まれなくても、苦しくても、周りから何と言われても、続けてきてよかったと。

そう、心から思うのだ。

二機が同時にゴールラインを切った。

……いや、ほぼ同時にゴールラインを切った。

僅《わず》かだが、しかし確実に。

赤い機体が先にゴールラインを越えたのだ。


「――――ッッ!!」

フレイアが拳《こぶし》を天に突き上げる。

爆発するような歓声が巻き起こった。

第204回『エルフォニアグランプリ』、優勝はフレイア・ライザーベルト!!

□□□

大歓声《だいかんせい》の中、フレイアは速度を落としてゆっくりとコースの端を走っていた。

「……はあ、はあ、はあ」

全てを出し切り、息も絶え絶えになりながら掲示板《けいじばん》を見る。

「……3：58：8。ちょっと届かなかったかあ」

イリスの残した伝説のワンラップまで、あとコンマ一秒。

「フレイア・ライザーベルト」

横から自分を呼ぶ声がする。

見るとエリザベスが並走していた。

「楽しかったです。また、やりましょう」

フレイアと同じく息が上がり、汗《あせ》にまみれた姿はクールで超然《ちょうぜん》とした『完全』には程遠かったが、その表情は嬉しそうだった。

「……うん。そうだね。また一緒に走ろう!! 何度でも!!」

「フレイアちゃん」

さらにエリザベスの横に並走して来たのはリックである。

元々十周近く遅れてレースに参加したサポートレーサーであるリックは、フレイアがゴールした今、これ以上走る意味はなかった。

「いい走りだった。俺も頑張《がんば》んなきゃなって思ったよ」

「……うん。ありがとうリッ君!! 今回は助けられっぱなしだったね」

「いいってことさ。親父さんとの契約《けいやく》だしな。でまあ……」

リックは親指を立てて言う。


「おめでとうフレイア。夢、叶えたな」


「……ああ」

そうだ。

ホントに叶えたのだ。

幼いころからの夢。

マジックボートレースの頂点、『エルフォニアグランプリ』優勝という夢を。

自然とフレイアの瞳《ひとみ》から熱い涙《なみだ》が零《こぼ》れる。

「さて」

リックはコースの方を見る。

最後のリックを除いた中で、最後尾《さいこうび》のレーサーがゴールしたところだった。

「行って来いよフレイアちゃん。勝者の時間、ウィニングランだ」

「……うん!!」

フレイアがコースの中央に出る。

すると。


――フレイア!!　フレイア!!　フレイア!!　フレイア!!


観客たちは、たった今夢を叶え頂点に立った少女に声の限りにコールを送る。

フレイアは歓声を上げる観客たちに手を振った。

さらに大きくフレイアコールが鳴り響《ひび》く。

爆発するような歓喜の中、フレイアは死闘《しとう》を繰《く》り広《ひろ》げたコースをゆっくりと回るのだった。

□□□

「……さすがは私の娘だ」

モーガン・ライザーベルトは歓声に応《こた》える娘の姿を見て、そう呟いた。

「見てるか、クラウディア。君の娘はこんなにも立派に育ったぞ」

自責の念で心を病《や》んだまま早世してしまった妻に、そんな言葉を投げかける。

そんなことを考えていると。

「運営委員長そろそろ」

大会スタッフの一人が、モーガンを呼びに来た。

「さて……次は私の番だな」

モーガンはそう呟いて、観客席を立った。

□□□

長く長く鳴り響いたフレイアコールもようやく治まり、コースから全《すべ》てのレーサーが引き上げた。

そして、レースの後はそれを称《たた》える表彰式《ひょうしょうしき》である。

「おめでとう。フレイア・ライザーベルト選手」

コースの真ん中に設置された舞台《ぶたい》の上では、フレイアが『マジックボートレース』協会の会長に、優勝の盾《たて》を渡《わた》されていた。

『さて、続きまして。優勝したフレイア・ライザーベルト選手の御父上《おちちうえ》であり、今大会のメインスポンサーである国民選挙実行委員会会長のモーガン・ライザーベルト氏にお言葉をいただきましょう』

拡声魔法《まほう》を使ったアナウンスがモーガンの名前を呼んだ。

モーガンはゆっくりと壇上《だんじょう》に上がっていく。

さあ、全てはこの時のために。

「えーまず、私が言うまでもないことですが、素晴《すば》らしいレースでした。選手の方々、スタッフの方々、お集まりいただいたファンの方々、皆さんの力で最高の大会にすることができました。本当にありがとうございます」

そのあと、モーガンは大会実施に尽力《じんりょく》してくれた人々の名前を挙げて、感謝の言葉を述べていく。

「……それでは長くなりましたが、最後に一人のエルフ、一人の親である、モーガン・ライザーベルトとしての気持ちを言わせていただこうと思います」

モーガンはそこで少し間を取った。

その間に、歓喜にざわめいていた観客たちは静かになる。

「私は今日、娘に改めてこう思わされました。『人生は自分の力で切り開ける』と。私も三日後に選挙を控《ひか》えている身です。凄《すご》く勇気づけられました」

モーガンはそう言って、優勝の盾を持ったフレイアの方を見た。

「フレイア、今度はお父さんが貴族でもない魔力量《まりょく》も少ない一人の人間として、選挙で勝てるように頑張《がんば》るよ!!」

「ファイトだよ、おとーさん!!」

フレイアが笑顔でそう言った。

すると観客たち……特に平民たちの座る席から、歓声《かんせい》が上がった。

——俺たちも応援《おうえん》するぞー、フレイアパパ——!!

——アンタも、俺たちでもできるってところ見せてくれよー!!

この瞬間《しゅんかん》。

観客として来ていた平民たちにとって、国民選挙とモーガンという候補者は他人事《ひとごと》ではなくなったのである。

□□□

モーガンが拍手《はくしゅ》を受ける様子を、ミゼット・エルドワーフは観客席から見ていた。

「……ミゼットさん。変わりますね、この国は」

いつの間にか横に立っていたリックがそんなことを言う。

「ああ、そうやな……そうなってくれると、ちっとは気が晴れるで」

ミゼットはリックの方を見ずにそう言った。

その視線の先にはフレイアの姿がある。

疲労困憊《ひろうこんぱい》といった様子だが、嬉しそうに盾を持つその姿を見て、ミゼットはイリスの最期の言葉を思い出していた。

□□□

三十年前の大会の後。

ミゼットはイリスを連れて、『王国』の田舎《いなか》で小さな武器屋を営みながら二人で暮らした。

いざ一緒に暮らしてみると、意外にもイリスは一人暮らしが長かったのと生真面目《きまじめ》な性格からか、体をいたわりながらも家事をこなし、サボりがちなミゼットの尻《しり》を叩《たた》くというなかなかの良妻といった感じだった。

その日々は穏《おだ》やかで、色々と面倒《めんどう》なこともあったが楽しく、余命一年弱と言われたイリスも二年近く生きることができた。

しかし、最期の時は訪《おとず》れる。

最後の夜。

ベッドに横たわるイリスは言った。

「……ねえ。ミゼット、私はこの二年幸せだった。アナタが私に幸せをくれた……」

生命力が底つき、衰弱《すいじゃく》したイリスはそれでも本当に嬉しそうで穏やかな表情だった。

「でもね。それはきっとあの時。悔《く》いのないほど全力で駆け抜けられたから、私はアナタとの穏やかな幸せを受け入れられたんだと思う……」

イリスはやつれた震《ふる》える手でミゼットの頬《ほお》を撫《な》でる。

「ありがとうミゼット。どうか、自分を責めないで。それから……ごめんね、ホントは誰よりも寂《さび》しがりやなアナタを一人にさせて……」

□□□

「……」

ミゼットは自分の頬を触《さわ》った。

今でもあの感触《かんしょく》は覚えている。

何より覚えているのは、最期の時だというのに幸せそうに笑っていたイリスの顔だ。

今舞台の上にいるフレイアも、同じ笑顔だった。

「……まあ、せいぜい。楽しく生き急いでくれ、悔いのないように……頑張れよフレイアちゃん」

きっと、それは彼女たちが幸福であるには必要なことなんだろう、と。

ミゼットはようやく納得《なっとく》できた気がした。

――この三日後。

エルフォニア初の国民選挙は、当初の予想を遥《はる》かに上回る97%という投票率を記録し、初代議長にモーガン・ライザーベルトが就任した。

その日が『国民議会設立記念日』として、国の祝日に指定されることになるのは、まだ少し先の話である。

エピローグ　『六宝玉』の示す先

『エルフォニアグランプリ』が終わって二週間が過ぎた。

ビークハイル城に戻《もど》ってきたリックたちは、さっそくいつものように共鳴現象を使ったマッピングの準備をしていた。

テーブルの中央に置かれているのは青く光る球体の宝石。

『六宝玉』の一つ、『青皇《せいおう》』である。

約束通りモーガンは、祖父の形見である『青皇』を渡してくれたのだ。

議長に就任した自分のボディガードとして、エルフォニアに残ってはくれないですか？

などと言われたが、さすがにそれは苦笑《くしょう》しながら断った。

「……それにしても、これで四つ目かあ」

リックはしみじみとそう言った。

「かなりスムーズに集まってるなあ」

現在、リックたちが持っているのは四つ。

『紅華《こうか》』『緑我《りよくが》』『王黄《おうき》』、そして『青皇《せいおう》』。

残るは二つ、白と黒の『六宝玉』だ。

その二つが揃《そろ》えば、『根源の螺旋《らせん》』へ入ることができる。

確実に夢に近づいていることを感じ、リックは武者震《むしやぶる》いする。

「そうだな。しかし、この調子で残り二つも……というわけにはいかんだろうな」

そう言ったのはブロストンである。

「白と黒の『六宝玉』は争いと災《わざわ》いの運命を引き寄せると言われている。『六宝玉』に関する文献《ぶんけん》はそれほど多く残っていないが、実際に白と黒の『六宝玉』にまつわる事件にはろくでもないものが多かった」

「怖《こわ》いこと言わないでくださいよブロストンさん」

「……ふっ、なに。ラインハルトたちは、その争いと災いをパーティの五人誰一人《だれひとり》欠けることなく乗り越《こ》えたのだ。我々もそうすればいい」

ブロストンは落ち着いた声でそう言った。

「争いと災いですか……」

呟いたのはリーネットである。

「どうした？　リーネット」

「エルフォニアではごたごたして、リック様には話し損《そこ》ねていたことがあります。リック様とミゼット様がエルフォニアに向かっている間、ワタシたちがもう一つの『六宝玉』の目撃《もくげき》情報があった場所に向かったのは覚えていますよね？」

「ああ。そうだな」

最終的にはエルフォニアに集まった『オリハルコン・フィスト』の面々だが、リーネットとブロストンとアリスレートが最初に向かったのは『黒曜石の産卵場《さんらんじょう》』と呼ばれる大陸の東の果てにある洞窟《どうくつ》型ダンジョンである。

そこで「黒い光を見た」という冒険者《ぼうけんしゃ》の目撃情報があったのだ。

黒い光というのは矛盾した言葉だが、それが意味するところは『六宝玉』の性質を知っている『オリハルコン・フィスト』の面々からすれば明らかであった。

おそらく「黒い光」の正体は、黒の『六宝玉』から溢《あふ》れ出した「可視化するほどの濃密《のうみつ》な魔力」の可能性が高い。

「でも、確か『六宝玉』は無かったんだろ？」

それだけは聞いていたリックがそう言うと。

「はい、ですが無かったのは『六宝玉』だけではありません……『黒曜石の産卵場』ごとまるで巨大《きょだい》な爆発でもあったかのように更地《さらち》になっていたんです」

「!?」

リックが驚きに目を見開く。

「落雷《らくらい》が落ちても自然現象で数キロメートルにわたる洞窟が吹《ふ》き飛ぶなんてありえません。こんな現象を起こせるものに心当たりは二つだけです」

「一つはまあ……うん。俺もよく知ってるな」

そう言うと、リックとリーネットは、椅子《いす》に座《すわ》ってエルフォニア名物の砂糖枝という菓《か》子《し》をむしゃむしゃと食べているアリスレートの方を見た。

「ん？　どうしたの二人とも？」

「……いえ、何でもないです」

まあ、リーネットたち三人が着いた頃《ころ》には、ダンジョンは消し飛んでいたそうだからこの可能性は無いだろう。

「ってなると、何キロにもわたって更地に変えるほどの破壊力《はかいりょく》なんて……あっ」

リックはようやくもう一つに思い至った。

確かにここ最近見た。

あれはリーネットと温泉に行った時。

数kmとまでは行かなかったが、破壊《はかい》の質は似ている。

「はい、私の故郷を吹き飛ばしたあの男、世界最凶の犯罪者『龍使い《ドラゴンロード》』です」

「そうか、あの男が来てたかもしれないのか……大丈夫《だいじょうぶ》か？　リーネット」

「はい。リック様のおかげで、トラウマは乗り越えられましたから。ただ、あの男のことですからダンジョンにその時いた人ごと焼き払《はら》ったようですね。また、あの狂気《きょうき》の犠牲者《ぎせいしゃ》が出たと思うといい気はしません」

リーネットは珍しく少しだけ怒《いか》りを滲《にじ》ませてそう言った。

「……そうか。確かにこのままトントン拍子《びょうし》で、とはいかなそうだなあ」

「よし、準備完了《かんりょう》や」

ミゼットがそう言った。

ちなみにミゼットはエルフォニアの一件から、これまで以上に元気に迷惑《めいわく》すぎる兵器実験を繰り返していた。

おかげで城の修理が大変である。

「十六方位の風、天地人の水、未来と現在と過去の光、放浪《ほうろう》する我らの行く末に先達の一筆を賜《たまわ》らん」

テーブルの上に置かれた『青皇』が光り、次の『六宝玉』に共鳴する。

「第六界綴魔法《かいていまほう》『アース・マッピング』」

そうして、魔力をよく通す紙に描《えが》かれる地図。

それを見て『王国』育ちであるリックは、すぐにどこか理解する。

「ああ。ここってあそこか」

『王国』内に三つだけ存在する、公爵家自治領《こうしやく》。

そのうちの一つ、ディルムット公爵家が治める『ディルムット公国』であった。

「あのお嬢《じよう》ちゃん騎士《きし》の国やんけ。前にリック君とブロストンが恩売ってあるし、色々と便宜《べんぎ》を図《はか》ってもらえそうでラッキーやね」

「ブドウのゼリーが名産品らしいね!!　楽しみ!!」

さっそくそんなことを言いだすミゼットとアリスレート。

一方ブロストンは。

「……ほう、久しいな。『ヘラクトピア』の時は時間が無くてあの少女には伝えるべき技術を伝えきれなかった。ここは一つ修行《しゆぎよう》の続きをしてやらねばな」

などと世にも恐《おそ》ろしいことを言っていた。

（……どんまいだ、アンジェリカ）

リックは内心そんなことを思って黙《もく》とうを捧《ささ》げるのだった。

□□□

――ちょうどその頃、ディルムット公国の王城。

ビクン。

と、アンジェリカ・ディルムットの体が震えた。

「こらこら、アンジェリカお嬢様《じょうさま》。着付けの時はじっとしていてくれないと困りますよ」

そう言ったのは、ディルムット家に長年勤めるメイド長、ステラだった。

「もうしわけありませんわステラ。ちょっと嫌《いや》な予感がして……」

立場としてはアンジェリカが主人ではあるのだが、それこそアンジェリカを産湯《うぶゆ》につけたことがあるくらいの付き合いなので遠慮《えんりょ》がない。

「しっかりしてくださいよ、アンジェリカお嬢様。今日はアナタの一等騎《き》士昇格《しょうかく》を祝うパーティなのですから」

「わ、分かっていますわ、ばあや。さあ、早く着付けを済ませてください」

「はいはい」

ステラはそう言うと、テキパキとアンジェリカにパーティ用の煌《きら》びやかなドレスを着付けていく。

（……しかし、何だったんでしょう。今の悪寒《おかん》は）

あまりオカルトやジンクスを信じないアンジェリカだが、この手の悪い予感はまあまあ当たるほうである。

「しかし、あのアンジェリカ様がとうとう一等騎士ですか」

感慨深《かんがいぶか》そうにそんなことを言うステラ。

「……ええ。私の夢である女性初の特等騎士に一歩前進ですわ」

闘技《とうぎ》会での一件以降、アンジェリカは自分でも驚くほどに強くなった。

さすがにリックと同じレベルの修行ができているかと言われると、全くそんなことは無いが、それでも日頃《ひごろ》の鍛錬《たんれん》や実戦に向かう意識は大きく変わったのである。

「まあ、さっきの悪寒が何を意味してるのかは分かりませんが、今の私ならどんな困難でも、よほどのことでも起こらない限り真っ向から切り伏《ふ》せてやりますわ」

自信に満ち溢れた口調でそんなことを言うアンジェリカ。

この数日後まさにその「よほどのこと」が、ディルムット公国に訪れるのだが、まだ彼《かの》女《じょ》は知る由もない。

□□□

『帝国《ていこく》』、第四十一領、第七地区。

そこは、ほんの一か月ほど前までは『魔力石』の取れるダンジョンとして有名な地区だった。

しかし、今ではかつてダンジョンだった岩山の破片《はへん》と冒険者たちに物資や宿を提供していた町の瓦礫《がれき》だけが、乾《かわ》いた風に吹かれる不毛の地になっていた。

そんな一晩で姿を変えてしまった土地を、丘《おか》の上から見下ろす影《かげ》が一つ。

二十代の男である。白い髪《かみ》と世界を睥睨《へいげい》するような瞳、黒い衣装に身を包んだその男こそ、世界最悪の犯罪者『龍使い』である。

「こんな何もなくなった場所をじっと眺《なが》めて、楽しいですか？」

『龍使い』の背後から声がした。

声の主は二十代後半くらいの『帝国』の伝統衣装に身を包んだ、赤い髪の男である。表情自体はどこか落ちついたモノがあるが、薄《うす》く開いた糸目の奥《おく》に光る眼光は鋭《するど》く、身のこなし一つ取っても只者《ただもの》ではないと分かる。

そんな男の質問に。

「何も無い場所というのは、風情《ふぜい》がある」

『龍使い』はそんな風に答えた。

「特に俺《おれ》は普段から考え事をしているからな。時々こうして不毛な景色を見るのは、脳と心の休養になる」

「……なるほど、理屈《りくつ》自体はすごくよく分かりますが、不毛の地にした張本人がそれを言っていると思うと、なんとも言えない気分になりますね」

男は苦笑しながらそう言った。

そう、七番地区を残骸《ざんがい》の転がるだけの不毛の地に変えたのは、『龍使い』自身なのである。

「人工物と自然の産物の違《ちが》いは、所詮《しょせん》は心の持ちようだ。人の手で計算して植林された風景にも自然を感じることができるのが人というものだからな。それに、自分の手で自分が癒《い》やされる風景を作れるというのは非常に効率的だとは思わないか?」

「相変わらず倫理《りんり》観《かん》の吹き飛んだ人ですねアナタは……まあ、ワタシも人のことは言えま

せんが」

男はそう言って不敵な笑《え》みを浮《う》かべた後、視線を『龍使い』の右手に持っていく。

「……その黒い球が『六宝玉』ですか？」

「ああ。『六宝玉』の一つ『黒帝《こくてい》』だ」

「これが、願いを叶《かな》える石……」

男は『黒帝』をじっと見つめて言う。

「……約束、守っていただけるのですよね？」

「ああ、俺は願いを叶えること自体には全く興味がないからな。『根源の螺旋』の謎《なぞ》さえ解ければそれでいい。活躍《かつやく》を期待しているぞ、元Sランク冒険者『赤蜻蛉《ドラゴンフライ》』」

「まあ、今はアナタのことを信じましょう。それに後で裏切られることになったとしても……その時はアナタを殺せばいいだけの話だ」

男は当然のようにそう言った。

『龍使い』はその言葉を否定せずに言う。

「俺の掴《つか》んだ情報では『王国』も動き出したらしい……気をつけろよ」

「そうですか……ならばさっそくアナタから情報を頂いた『六宝玉』の出現場所に向かいますか」

男がそう言い終わった次の瞬間には、その場から姿を消していた。

「……『ミスリルインセクト』か。やはり強者には癖《くせ》のある連中が多いな」

一人になった『龍使い』は、手に持った『黒帝』を目の前にかざす。

可視化された黒い魔力を放つその様は、怪《あや》しげな美しさを持っていた。

「ヤマトの時代から更《さら》に千年前。当時繁栄《はんえい》を極《きわ》めた二つの国の王が、一つの宝石を巡《めぐ》り起こったと言われる戦争があった。『宝石戦争《ジュエルウォー》』と呼ばれるこの戦争は、たかが宝石を手に入れたいがために戦争を起こしたとして、絶頂を極め過ぎた王の暴走の例だと、歴史の珍《ちん》事《じ》として語られるが、俺の調べた限りではその真実は違う」

この数年、独自に当時の王族の残した遺物を調べた結果、導き出された真実を語る。

「その戦いは、『どんな願いでも叶えることができる宝玉』と言われた宝石を巡る戦いだった」

そう。

千二百年前に活性化した『六宝玉』を巡って、一度この大陸は地獄《じごく》と化したことがあるのだ。

権力者がどんな願いでも叶えるという、あまりにも魅力的《みりょくてき》すぎる力に魅《み》せられ。

そして今、前回のヤマトの時代から二百年の時を経て、現在『六宝玉』は活性化状態にある。

その情報を元に『王国』という巨大すぎる組織が動き始めたのだ。

「さあ、始まるぞ。千二百年ぶりの『宝石戦争』だ」

特別編　ミゼットと『オリハルコン・フィスト』

イリスが息を引き取ったあと、ミゼットは「誰《だれ》でも使える武器」の開発により精をだすようになる。

実際のところミゼット自身は圧倒的《あっとうてき》なまでの魔力的な素質があるため、それほど武器に頼《たよ》る必要はなかったりする。だからそれは、母親とイリスを苦しめた『魔力血統至上主義』への怒りと反発という側面もあった。

そんなわけで、ミゼットは資金集めとついでに武器の性能テストをしながらクエストをこなすわけだったが、時代の千年先を行く武器を駆使《くし》して戦えばそんな危険な存在をギルドが放っておくわけがない。

いつの間にかミゼットはSランク冒険者に指定されていた。

「……まあ、メチャクチャ割のいい仕事も来るし、ええか」

そんなある日、ミゼットはあるクエストでしゃべるオークという変わった男に出会う。

「ブロストン・アッシュオークだ。お前の武器、なかなかに面白《おもしろ》い思想に裏付けされているな」

そして驚《おどろ》くことにこのオークは、他人には絵空事だと思われてばかりだったミゼットの「誰でも使える兵器」の構想を、見事に自分なりに噛《か》み砕《くだ》いて意見を言ってみせた。

こいつ面白いな。

と『王国』に来てから初めて、他人と話してそう思った。

そして思わずクエスト中の夜、焚火《たきび》を囲みながら長々と話してしまった。

聞けば、ブロストンは伝説の隠《かく》しボスを倒《たお》す目的があるのだという。

さすがに無謀《むぼう》というか酔狂《すいきょう》が過ぎないか？

とミゼットは言ったが。

「人から見れば無謀で酔狂な夢を形にするのはそれなりに楽しいものだぞ」

と言われ、そういえばイリスも「人から見れば無謀な酔狂な夢」を追っていたな、と思い出す。

イリスの言葉の一つ一つは今もミゼットの中に刻まれているが、特に心に刺《さ》さっている言葉があった。

『アンタは「勝ててしまう人」だから……きっと分からないと思う』。

界綴《かいてい》強化魔法の使用を止めようとしたミゼットに、イリスが言った言葉である。

確かにミゼットは生まれながらに持っている側だった。魔法でも頭脳でも他人と比べて圧倒的に優《すぐ》れていたため、イリスのように負け続ける者の気持ちは分かっているようで分かっていないのだろう。

だから、自分もそういう『無謀で酔狂な夢』とやらを目指してみれば、少しはイリスの気持ちが分かるのだろうか？

ミゼットは麻袋《あさぶくろ》からワインと二つのグラスを取り出す。

そして、ワインをグラスに注ぐと。

「……なあブロストン。その夢ワイにも一枚かませてくれや」

そう言ってワインの入ったグラスをブロストンに差し出した。

「そうか……歓迎《かんげい》する」

ブロストンは大きな手で器用にそのグラスを受け取る。

「大いなる夢に乾杯《かんぱい》やな」

チンと、二人のグラスが当たる音が夜の森に響いたのだった。

あとがき

皆さんお久しぶりです、岸馬きらくです。

新米オッサン冒険者9巻いかがだったでしょうか？

前回の8巻が普段の新米オッサンとはちょっと雰囲気が違ったので、今回はキッチリとリックや『オリハルコン・フィスト』のメンバーの活躍を書かせていただきました。

いやあ、特にアリスレート強かったですねえ。あれだけ文章量を割いて強さを解説したカエサルを瞬殺ですよ瞬殺。岸馬自身、書きながら「やべえ……この幼女やべえわ」と戦慄していました。

それから表紙ですよ、表紙。

圧倒的な少年誌の格闘漫画感。

やはり、新米オッサンの表紙はこうでないといけませんね。8巻の表紙も素晴らしいのですが、やはり筋肉あってこその新米オッサンです。

さて、コミックスも4巻まで発売し、おかげさまで非常に本作品は好調です。

ですが私、岸馬きらくは作家として、近々新たな挑戦をするつもりです。


それが、同じＨＪノベルスからの新シリーズの開始です。


すでに着々と担当編集と準備を進めている段階です。

新シリーズも、カッコいいオッサンとその仲間たちのバトルモノですね。

実は原稿自体はすでに岸馬の方で書き上げているのですが、素晴らしくいいものになりました。自信を持ってお届けできると思いますのでご期待ください。

え？　とびじょも連載中なのに新シリーズを出す余裕があるのかって？

ははは、まあいざとなったら気合いで何とかしますよ（白目）。


さてさて、次は節目の十巻ですね。

コミックスの方ですっかりと人気キャラになった、ディルムット家の面々が登場します。

キタノとか書くの久しぶりだなあ。

それではまた十巻で。

Anytime I can!
いつでも自宅に帰れる俺は、異世界で行商人《ぎょうしょうにん》をはじめました
霜月緋色 著
Hiiro_shimotsuki
ill. いわさきたかし
①～⑤巻 好評発売中!
⑥巻 来夏発売予定!

「小説家になろう」
四半期
第1位
異世界転生・転移
ファンタジー部門
（2019年8月19日時点）
いつでも自宅に帰れる俺は、異世界で行商人をはじめました
vol.1
漫画 明地雫
原作 霜月緋色
コミック単行本
①・②巻 好評販売中!!
漫画：明地雫
原作：霜月緋色
キャラクター原案：いわさきたかし

コミカライズも連載中の
スナイパー英雄譚！
著／かたなかじ
イラスト／赤井てら
漫画：瀬菜モナコ
原作：かたなかじ　キャラクター原案：赤井てら
発売予定!!

魔眼と弾丸を使って
異世界をぶち抜く！
第13巻 2022年春

HJ NOVELS
HJN36-09

新米オッサン冒険者、最強パーティに
死ぬほど鍛えられて無敵になる。9

2021年12月18日　初版発行

著者――岸馬きらく

発行者―松下大介
発行所―株式会社ホビージャパン
〒151-0053
東京都渋谷区代々木2-15-8
電話　03(5304)7604（編集）
　　　03(5304)9112（営業）
印刷所――大日本印刷株式会社

装丁――下元亮司(DRILL)／株式会社エストール

ISBN978-4-7986-2696-3　C0076

ファンレター、作品のご感想
お待ちしております

〒151－0053　東京都渋谷区代々木2－15－8
(株)ホビージャパン HJノベルス編集部 気付
岸馬きらく 先生／ Tea 先生